Notre distributeur :

Messageries de presse Benjamin
101, rue Henry-Bessemer, Bois-des-Filion (Québec)
J6Z 4S9

Tél. : 450 621-8167

Imprimé au Canada

Le blogue de Namasté

> Vivre et laisser vivre

LES ÉDITIONS LA SEMAINE
2050, rue de Bleury, bureau 500
Montréal (Québec) H3A 2J5

Directrice des éditions : Annie Tonneau
Directrice artistique : Lyne Préfontaine
Coordonnatrice aux éditions : Françoise Bouchard

Vice-président des opérations : Réal Paiement
Superviseure de la production : Lisette Brodeur
Assistante-contremaître : Joanie Pellerin
Infographistes : Marylène Gingras
Scanneristes : Patrick Forgues et Éric Lépine

Réviseures-correctrices : Rachel Fontaine, Luce Langlois, Nathalie Ferraris
Photos de la couverture : Shutterstock
Illustrations intérieures : iStockphoto, Shutterstock

Les propos contenus dans ce livre ne reflètent pas forcément l'opinion de la maison d'édition.

L'éditeur bénéficie du soutien de la Société de développement des entreprises culturelles du Québec pour son programme d'édition.

REMERCIEMENTS
Gouvernement du Québec – Programme de crédit d'impôt pour l'édition de livres – Gestion SODEC

Nous reconnaissons l'aide financière du gouvernement du Canada par l'entremise du Programme d'aide au développement de l'industrie de l'édition (PADIE) pour nos activités d'édition.

© Charron Éditeur inc.
Dépôt légal : Troisième trimestre 2011
Bibliothèque et Archives nationales du Québec
Bibliothèque et Archives Canada
ISBN : 978-2-923771-55-7

Maxime Roussy

Le blogue de Namasté

>Vivre et laisser vivre

ÉDITIONS LASEMAINE

Déséquilibrée

Namxox

> ## Bogue avec mon code génétique

Grosse journée : j'ai subi deux chocs. Un gros et un énorme.

On a découvert l'identité de la personne qui me prenait en photo sans mon consentement à l'arrêt d'autobus.

Ça, c'est le gros.

L'énorme ?

Je viens de prendre ma douche. En sortant, j'ai essuyé le miroir avec une débarbouillette sèche, question de m'assurer qu'en utilisant le nouveau shampoing « à micro billes galvanisantes X-tra Propre TM », je n'étais pas devenue un homme.

On ne sait jamais avec tous ces produits chimiques qu'on utilise.

Tout est beau, je suis toujours une ado lumineuse de 14 ans.

Sauf que j'ai constaté que mes deux seins n'étaient pas identiques.

Il y en a un plus gros que l'autre. Ou un plus petit que l'autre, ça dépend si je suis optimiste ou pessimiste.

La différence n'est pas gigantesque. Genre mon sein droit est de taille A et mon gauche est de taille D. Ah ! Ah ! Je niaise. Ce serait tellement *weird*.

Non, la différence est subtile, mais elle est là : genre mon gauche est un D et mon droit, un gros D.

...

D'accord, d'accord : mon gauche est un petit B et mon droit un B.

Ça me déséquilibre ! C'est pour ça que je marche croche depuis quelques mois. J'exagère à peine. On va bientôt m'appeler la Bossue de Notre-Dame.

Je suis supposée faire quoi avec ça ? Je me plains à qui ? Est-ce que je peux porter plainte au service à la clientèle des seins ? Un genre de PPPP ? Place des plaintes pour poitrines particulières ? Ou un BBB ? Bureau des boules bizarres ?

(Namasté, franchement ! Tellement vulgaire quand tu veux !)

Je n'ose pas chercher sur le Net. Trop peur de trouver quelque chose qui ressemble à ça.

Tsé, il n'est pas question que je reste infirme le reste de ma vie.

Ohhh nooon, madame ! Ohh nooon, monsieur !

Depuis un gros huit minutes, je ne fais que penser à ça.

Ça m'obsède.

Je ne suis pas parfaite !

Je trouve ça chien de la part de mon ADN de m'avoir fait ce coup.

Je vais m'en rappeler.

(…)

Le gros choc, maintenant.

Alors que Kim, Matou (je l'aiiiime !) et moi étions à l'arrêt d'autobus, on a surpris un individu louche qui nous prenait en photo.

Je me suis tout de suite dit que c'était le *troll* qui me harcelait depuis quelques jours.

Mathieu, mon chevalier servant au nez cassé, a décidé de le pourchasser.

Kim et moi, on a suivi.

Puis rattrapé le ou la paparazzi du dimanche.

En talons hauts, grand manteau, crinière blonde et chapeau.

Oups ! C'était...Tintin.

– Z'êtes malades, il a gémi en empruntant une voix de femme pendant qu'il frottait ses genoux éraflés.

J'ai tout de suite su qu'il y avait un malentendu. Ce n'était pas lui le *troll*.

Tintin déguisé en femme (j'ai dit qu'il portait aussi du rouge à lèvres ?), ça ne me perturbe plus vraiment.

Mais Kim et Matou, eux, étaient confus et perplexes. Je pense même que Mathieu était sur le point de pleurer de désarroi.

Tintin nous a expliqué que pour son cours de photo, il devait se faire passer pour un espion. Il a décidé de jouer le jeu à plein, avec déguisement et attitudes. Il a même changé de nom : il voulait qu'on l'appelle « Titine ».

J'ai bien sûr refusé de prononcer cette horreur, de peur que ma langue, au contact de ce mot, ne se ratatine et que mes dents ne pourrissent instantanément.

Je lui ai tendu la main pour l'aider à se relever.

– Désolée, chéri. On croyait que t'étais une autre personne.

– Je suis une autre personne. Je suis Titine.

Cela dit encore avec une voix de femme.

– Décroche, a dit mon *chum*. Tu vas vraiment commencer à me faire *freaker*.

Tintin, décrocher ? Impossible. Comme il dit, il doit toujours aller au bout de ses expériences pour « sacraliser (sa) démarche ».

Je suis parfaitement d'accord avec lui (euh... mais qu'est-ce qu'il raconte ?).

Tintin a rebroussé chemin et pris la direction de l'école, un talon cassé, pour retourner le déguisement emprunté au département de théâtre.

Et Matou, Kim et moi, on est revenus à notre point de départ ; on ignore toujours qui est le *troll*.

Je suis persuadée qu'il s'agit de Mylène, l'ex de mon ex, redevenue sa blonde.

Elle va faire une erreur, c'est sûr. Faut juste ne pas la rater.

(…)

Demain, c'est ma première réunion en tant que rédactrice en chef de *L'ÉDÉD* (prononcer « l'édedde »), *L'Écho des élèves desperados*.

Et je n'ai aucune idée de ce que je vais dire aux membres de l'équipe.

Aucune.

Faut leur présenter le journal, son but, demander qui veut être journaliste, photographe ou dessinateur, suggérer des idées d'articles et, surtout, leur rappeler qu'il y une date de tombée à respecter absolument pour la remise de leurs œuvres.

Je dois leur donner l'impression que je sais ce que je fais.

J'ai zéro expérience.

Ça sent la catastrophe.

Allez, je dois devoirer (comme dans la phrase « je viens de devoirer, ils étaient durs »).

★ ★

★ ★

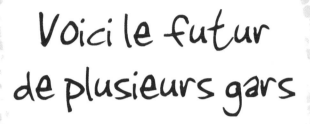

Voici le futur
de plusieurs gars

Namxox

Publié le 15 novembre à 16 h 55 par Nam
Humeur : Enthousiaste

> **Madame la rédac en chef**

Je suis officiellement la rédactrice en chef de *L'Écho des élèves desperados*. Et j'ai tenu ma première réunion ce midi sans provoquer d'émeute ou déclencher les gicleurs parce que j'étais trop plate. ☺

C'était ma peur : que les élèves désireux de faire partie de l'équipe soient tellement assommés par mon discours soporifique (?) qu'ils fuient dès la première réunion.

Je sais de quoi je parle : des profs endormants, j'en ai. Et leurs cours sont mortels. Au point où on se met à en détester la matière.

Je ne demande pas à ces profs de porter un nez clignotant sur lequel se tient en équilibre un chien saucisse, tout cela en faisant du monocycle. Non, je veux juste qu'ils soient un peu plus passionnés par ce qu'ils enseignent. Afin qu'ils piquent ma curiosité. Et qu'à chaque fois que je m'apprête à mettre les pieds dans un de leurs cours, je sente mon cœur sur le point d'exploser d'excitation.

Je sais, ce sont des humains, pas des robots. Et ils ont aussi des jours où c'est plus difficile.

C'est vrai que toujours répéter la même chose, ça doit être lassant.

Surtout quand des morveux de secondaire 2 les empêchent de bien faire leur travail. Ces temps-ci, les profs font plus de discipline que d'enseignement. ☹

Je sais pas ce qui se passe avec les gars (encore leur faute !), mais ils ont perdu le peu de quotient intellectuel qu'il leur restait. Tout est aspiré par le cosmos ou par les jeux vidéo auxquels ils jouent 70 heures par semaine et qui les transforment lentement en banane pourrie, genre noire, molle et collante.

Il y a eu l'accident de la machine à pets la semaine dernière; aujourd'hui, c'était encore plus absurde : un gars (on ne sait pas encore qui, bien sûr) a foutu des cure-dents avec de la colle dans la serrure d'une des classes.

En maths. C'est la matière que je déteste le plus, mais ce n'est pas une raison pour faire du vandalisme.

La remplaçante a essayé d'insérer la clef pendant au moins 15 minutes. (Perso, me semble qu'après deux ou trois tentatives, je me serais rendu compte que ça ne fonctionnait pas. Je suis prête à parier mes broches que son C.V. indique qu'elle est « persévérante ».)

Même que la clef était pliée en deux. Pas grave, trois coups de talons de chaussure et la clé était de nouveau presque droite.

C'est Killer, le concierge, qui lui a fait remarquer que des morceaux de bois sortaient de la serrure. Il lui a dit que ce n'était « habituellement pas normal ».

Quand on s'est retrouvés à la biblio, il ne restait que 25 minutes au cours. Le temps qu'on s'assoie, qu'on sorte nos livres et nos étuis à crayons, et le cours était quasiment terminé. Parce que pour les gars, ces gestes très simples prennent une éternité.

J'te dis… Autant on peut les aimer comme des dingues, autant ils peuvent nous tomber royalement sur les nerfs. 😬

(…)

La réunion du journal, maintenant.

Ça s'est SUPER bien passé. Et il y avait plus d'élèves que j'en attendais. Même qu'il y avait des gens debout à l'arrière et sur les côtés !

Tous les niveaux sont représentés et tout le monde veut mettre l'épaule à la roue. Mais Monsieur Patrick m'a avertie : dans ces cas-là, souvent, plein de gens se disent d'accord pour participer, mais quand vient le moment de faire des efforts, ils se désistent.

Et on ne peut pas vraiment leur en vouloir parce que c'est du bénévolat.

Mais bon, je suis tellement formidable que tout le monde va rester parce que tout le monde sera trop content de travailler avec moi. 😊

J'étais extra nerveuse au début de la réunion. Surtout en apercevant la classe trop remplie. J'avais *full* mal au cœur.

Kim était de garde au local des Réglisses rouges, elle n'était pas là pour m'encourager. Mais Matou m'a dit que tout allait bien se passer, Monsieur Patrick aussi.

Facile à dire ! C'était moi qui était devant dix mille inconnus en train de faire semblant de savoir ce que j'avais à leur dire !

Fallait que je trouve quelque chose pour briser la glace.

Tout de suite, je me suis excusée, leur disant que je serais désolée si je vomissais en jets sur le tableau (*nawak* !) parce que j'étais nerveuse.

Tout le monde a ri, mais le pire, c'est que j'avais vraiment mal au cœur et je tremblais à l'idée que la nourriture ingurgitée quelques minutes plus tôt emprunte la sortie de secours.

Je n'avais jamais connu cette sensation auparavant.

En impro, oui, je suis un peu nerveuse avant les matchs, mais pas au point de transformer ma bouche en boyau d'arrosage.

Eh bien, juste d'avouer que j'étais nerveuse a fait baisser la tension d'un cran.

Et vraiment, j'ai eu du plaisir.

Il va y avoir trois photographes (dont Matou), 18 (!) journalistes, trois correctrices, quatre illustrateurs et un gars qui, 30 minutes après le début de la rencontre, s'est rendu compte qu'il n'était pas à la réunion d'escalade.

Je lui ai demandé de nous écrire un texte accompagné de photos sur son activité préférée. Le plus drôle, c'est qu'il a accepté !

(...)

J'ai faim !

Publié le 15 novembre à 20 h 04 par Nam
Humeur : Réjouie

> **Toujours en s'améliorant**

Kim vient de me donner des nouvelles de Nath : elle se porte encore mieux que prévu.

Je suis tellement contente !

Ses médecins disent qu'elle fait des progrès « extraordinaires ». Yé !

Elle est allée à la salle de bains tout seule, même si on lui avait interdit de se lever.

Dire qu'il y à peine quelques jours, on ne savait même pas si elle allait marcher de nouveau.

La semaine prochaine, si elle se sent assez forte, un prof va même lui donner des cours. C'est Nath qui l'a demandé !

Quand je pense qu'elle a voulu se suicider...

Ouf, elle a choisi de vivre.

(...)

Fred, mon déjanté de frère, n'était pas à l'école aujourd'hui. Ce matin, il a dit que son tatouage le « mangeait de l'intérieur ». Il prend des antibios pour combattre son infection, mais Mom l'a prévenu : il faut quelques jours avant que les effets se produisent.

La cause de l'infection ? Les instruments du tatoueur étaient probablement mal stérilisés (ou pas du tout). Paraît

17

que le gars crachait dessus pour enlever toutes les bactéries. 🙁

Probable aussi que Tintin a frotté un peu trop fort avec le papier sablé trouvé dans le fond du coffre à outils de Pop. Et qui avait servi la dernière fois en 1983 à retirer un (possible) morceau de fromage durci sur une tablette du réfrigérateur.

Tout se peut avec Fred. Tout.

Au moins, pendant ce temps, il me laisse tranquille avec l'ordinateur.

(…)

Pas eu de nouvelles du *troll*-Mylène.

Pas de nouvelles, bonnes nouvelles ?

J'espère qu'elle ne prépare pas une autre attaque sauvage.

Peut-être aussi qu'elle sent la soupe chaude et préfère se taire.

Tout se peut avec elle. Tout.

(…)

Je suis vraiment claquée.

Je viens de texter à Matou que j'allais me coucher.

Il m'a dit qu'il aurait une surprise pour moi.

J'ai hâte à demain.

Enfin je vais avoir un diamant gros comme la lune ! Youppidoulé ! 😄

```
* * * * * * * * * * * * * * * * * * * * * * * * * * *
```

DIAMANTS À VENDRE ?

Vous avez des diamants à vendre ? Nous voulons les acheter ! Nous offrons le meilleur prix du marché. Vous n'avez qu'à nous les envoyer dans une enveloppe et nous vous retournerons un chèque bientôt (de 12 à 18 semaines).

www.nesoyezpassinaifs.com

```
* * * * * * * * * * * * * * * * * * * * * * * * * *
```

Fait suer

Namxox

Publié le 16 novembre à 12 h 02 par Nam
Humeur : Dépitée

> **Y'en aura pas de facile**

Monsieur Patrick m'a annoncé une mauvaise nouvelle : il va y avoir des élections pour le poste de rédacteur en chef de *L'ÉDÉD*.

Paraît qu'il y a eu des plaintes. Paraît que ce n'est « pas juste » pour les autres.

Évidemment, ça allait trop bien. Il fallait absolument que ça tourne à mon désavantage.

Ce n'est pas juste pour moi ! Monsieur Patrick m'a dit que j'allais avoir le poste. Et c'est moi qui ai trouvé le nom du journal.

Je ne suis pas contente.

J'ai bien vu que Monsieur Patrick était mal à l'aise.

– Je suis désolé, il m'a dit. C'est ma faute, je suis allé trop vite. Tu sais, dans l'enthousiasme du moment. Mais je maintiens que tu serais une excellente rédactrice en chef. Tu vas poser ta candidature ?

Je ne sais pas si je vais le faire. Parce que ça va être une élection. Donc ce ne sera pas la meilleure qui va gagner, mais la plus populaire.

Ça me fait vraiment suer. Pas le goût de participer à un concours de la plus belle ou de la plus fine.

Je vais reparler à Monsieur Patrick. Je ne veux pas que ce soit juste une histoire de discours. Je veux que les candidats puissent prouver qu'ils ont les aptitudes nécessaires.

Le leadership est important, mais il y a aussi le talent d'écriture. Est-ce qu'on peut corriger un texte quand on ne sait pas écrire correctement ?

Schnoute de schnoute.

(…)

On fait du recrutement ce midi pour les Réglisses rouges. Idéalement, faudrait trouver cinq ou six personnes.

On en a deux intéressées.

On veut qu'il y ait toujours quelqu'un les midis. Kim et moi, on y est, mais ce serait bien si on pouvait se faire remplacer de temps en temps.

C'est simple : pour devenir bénévole des Réglisses rouges, il faut juste être ouvert d'esprit, avoir un sourire bien accroché et ne pas porter de jugement.

Des qualités plus rares que l'on pense.

(…)

Matou va me donner mon cadeau ce soir.

Pour la première fois, il m'invite chez lui. Et à souper en plus.

Il va me présenter à sa mère.

Je suis un tantinet nerveuse. Mais bon, ça ne peut pas être pire que la *freak* des dauphins.

Argh ! Ça m'énerve cette histoire de poste de rédacteur en chef. Je n'arrête pas d'y penser. En plus, trop contente, je l'ai dit à tout le monde. Même le pape est au courant, il m'a envoyé sa bénédiction et un « *gimme five, man* ! ».

Qu'est-ce que je fais ? Je me tais en espérant décrocher le poste ou je me ravise ?

C'est presque pas humiliant, tsé.

Les gens vont se dire quoi ?

Elle est tellement nulle qu'on la renvoie avant même le premier numéro...

Ou encore : elle a mis la charrue avant les bœufs et annoncé la bonne nouvelle avant d'en avoir la confirmation...

Je rapetisse à vue d'œil.

Je me sens une moins que rien.

Mon hamster est déchâiné

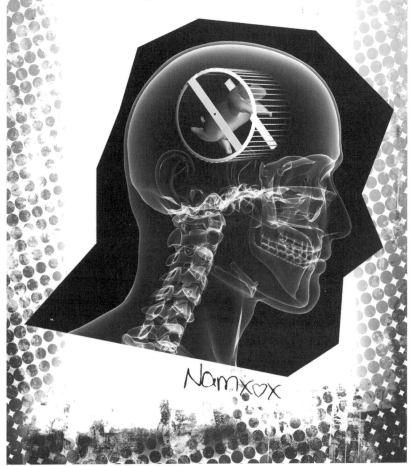

Namxox

Publié le 16 novembre à 19 h 21 par Nam
Humeur : Névrosée

> **Et si j'étais trop poche ?**

Je n'arrête pas de me dire que si Monsieur Patrick veut faire des élections pour le poste de rédac en chef, ce n'est pas parce qu'on le lui a demandé, mais parce qu'il s'est rendu compte que je n'étais pas faite pour le poste.

Genre, il s'est réveillé ce matin et sa première pensée a été : « Nom d'un p'tit bonhomme ! J'ai commis une grave erreur de jugement en nommant Namasté rédactrice en chef. »

Je n'ai sûrement pas les compétences nécessaires.

Et il doit aussi me trouver trop jeune.

Inexpérimentée.

Et avec les cheveux trop foncés. Trop longs. En plus, j'ai des broches. Et des lunettes. Et un sein plus petit que l'autre.

Mon hamster dans ma tête n'arrête pas de tourner dans sa roue. Et il a pris trois boissons énergétiques.

J'en ai parlé à Kim, elle m'a dit que j'étais parano. Elle est persuadée que je ferais un super de bon travail, mais elle comprend que des élections sont nécessaires pour laisser la chance aux coureurs.

Mouain. Peut-être.

Je me trouve quand même nulle. Si je suis si bonne, pourquoi Monsieur Patrick a remis en question ma nomination ?

Argh... Je ne me sens pas bien.

Tout d'un coup, j'ai l'impression d'être la plus nulle des nullardes du monde. Je remets tout en question.

Comme si mon estime de moi s'était évaporée avec cette décision.

Poche.

(...)

Heureusement qu'il y a Matou dans ma vie.

J'hallucine vraiment. Il m'a offert une bague avec des diamants dessus. 😍

Des vrais de vrais.

Le hasard fait bien les choses, la bague me va parfaitement.

Il est tellement généreux. Au point où je commence à être gênée.

Est-ce que je suis supposée lui donner quelque chose en retour ? Parce que j'ai zéro argent. Tout ce que je gagne, c'est pour faire vivre mon cell.

Je ne veux pas être obligée de vendre un de mes reins sur le marché noir international pour lui. (D'ailleurs, combien ça vaut, un rein ?)

En entrant dans la maison, Grand-Papi était à la table, en train de couper des oignons (détail tellement inutile !). Je lui ai montré ce que je venais de recevoir.

– C'est pas des vrais diamants, il m'a dit.

J'ai cru qu'il me taquinait, comme d'habitude.

– Mais oui. Parce que c'est ce que je vaux.

– Mais non, il a rétorqué. Parce que si ce sont des vrais diamants, cette bague-là vaut plus que toutes mes économies.

De quoi il se mêle, Grand-Papi ? Lui, toujours si gentil avec moi... 😞

J'ai quand même caché la bague. Parce que je suis un peu gênée de me promener avec ça.

Et je ne veux pas qu'on me pose des questions.

Je suis très mal à l'aise. Mais quand même heureuse.

(...)

Je suis allée chez Matou, enfin.

Il vit en appartement avec sa mère et son grand frère, qui a toujours de gros écouteurs collés aux oreilles.

Il a 21 ans et passe ses journées dans sa chambre. Il a les cheveux longs et une grosse barbe. Comme Jésus, mais pas de sandales et il ne marche pas sur l'eau.

– Il étudie en quoi ? j'ai demandé.

– Son programme s'appelle « Procrastination intense ».

« Procrastination », je me suis rappelée la définition de ce mot : tout remettre au lendemain.

J'ai souri.

– T'es drôle. Sans blague, il veut faire quoi dans la vie ?

– Je ne te niaise pas. Il ne fait rien. Il dort et il mange. Comme un chien.

– Oh. Et il perd ses poils ?

– Ouais, exactement. Mais quand je lui lance une balle, il m'ignore.

Mathieu m'a dit qu'il était dépressif depuis que leur père les a abandonnés. Et il ne veut pas consulter de psychologue parce qu'il dit qu'il n'en a pas besoin.

Sérieux, je suis restée un peu plus de deux heures là-bas et j'avais le goût de lui donner un coup de pied dans le derrière.

Il est trop mou. Et tout est un effort pour lui. Comme... tirer la chasse d'eau de la toilette !

Dégueu.

Et disons que c'est une famille qui n'est pas forte, forte sur le ménage.

J'ai jamais vu une pile de vaisselle sale aussi haute. Prochain repas, va falloir qu'ils fassent un trou dans le plafond pour faire de la place.

Et la chambre de Matou... *OMG*. Que dire ! Encore plus anarchique que celle de Tintin et de Fred.

Comme si c'était possible.

Il a fallu que je me fraie un chemin au lance-flammes et à la machette pour atteindre le lit. Je pense même que j'ai été mordue à la cheville par une vipère.

Je ne suis même pas sûre que la chose molle sur laquelle on a posé nos fesses était un lit.

Je n'ai pas dit à Mom où j'étais. Je ne voulais pas qu'elle commence à me poser un million de questions. Et, genre, qu'elle appelle la mère de Matou et tout le tralala.

Parlant de la mère de mon *chum*, elle est gentille. Elle s'est ramassée avec deux gars du jour au lendemain, parce que son mari avait décidé que la vie de famille ne l'intéressait plus. Alors elle travaille comme une malade pour faire vivre sa famille. Elle a trois jobs.

Ils ne sont pas pauvres, je pense, mais ils n'ont pas beaucoup d'argent. Matou m'a dit que quand il était petit, sa mère se passait parfois de manger pour laisser de la nourriture à ses fils.

Ouf. ☺ C'est vraiment une femme courageuse.

Dire que le cousin de Mathieu, le diabolique Jimmy, est riche à craquer !

Ce sont les deux extrêmes.

Bon, Fred va mieux, il veut l'ordi. Grrr...

* *
UN ORGANE À VENDRE ?
Nous sommes toujours à la recherche de poumons, reins, pancréas ou yeux sains. Avec nous, vous ne vous réveillerez pas dans le bain d'eau glacée d'une chambre d'hôtel minable avec une incision mal suturée sur le corps.
www.organeenadoption.com

* *

Besoin
d'air

Namxox

Publié le 16 novembre à 23 h 43 par Nam

Humeur : Remuée

> **Méchante engueulade**

Je n'arrive pas à dormir.

Je vais être *full* fatiguée demain.

Mom et moi, on s'est chicanées très fort.

J'ai crié et elle aussi.

Elle a su que j'étais allée souper chez Mathieu et elle est fâchée parce que je ne le lui ai pas dit.

Oh là ! J'ai 14 ans, pas huit. Il me semble que je peux avoir un peu de liberté, non ?

Va falloir qu'elle arrête de toujours vouloir tout savoir sur moi. Je ne suis plus un bébé.

D'accord, elle a essayé de m'appeler sur mon cell et quand j'ai vu que c'était elle, je n'ai pas répondu.

Et elle s'inquiétait.

Mais ce n'est pas une raison pour faire comme si elle me tenait en laisse.

Je lui ai dit que je n'étais pas son petit chien et c'est là qu'elle s'est vraiment fâchée.

Elle dit que j'ai été impolie avec elle. Ce n'est pas vrai, je me suis juste défendue !

Elle m'a enlevé mon cell pour le reste de la semaine. Parce que je ne le « mérite pas ».

Et si je continue à répliquer ou si mes notes sont moins bonnes, elle va me le retirer tout court.

C'est vraiment chien.

Pourquoi elle peut me dire tout ce qu'elle veut et pas moi ? Faudrait que je sois comme un tapis qui s'aplatirait devant elle ? Et que je lui donne la permission de s'essuyer les pieds sur moi ? Pas question !

Pop a essayé de faire l'arbitre, il m'a même défendue. Mais Mom lui a dit de ne pas se mêler de ça.

Mom dit que Mathieu a une mauvaise influence sur moi.

Tellement PAS rapport ! Ce n'est pas comme si depuis que j'étais avec lui, j'avais commencé à fumer, à boire et à parler avec un accent espagnol.

Je veux juste qu'elle me laisse plus d'espace. Elle m'étouffe.

Qu'est-ce que ça fait si elle ne sait pas où je suis pendant 30 secondes ?

Elle m'énerve.

Et elle m'a encore demandé de faire le ménage de ma chambre.

Elle n'est pas SI en désordre. Juste un peu.

C'est MA chambre. Je peux faire ce que j'en veux, non ? Elle n'a rien à faire là. C'est mon espace personnel.

Évidemment, Fred, même s'il faut appeler l'armée et la Croix-Rouge pour intervenir dans la zone sinistrée qu'est sa chambre, il n'est jamais obligé de ramasser.

C'est pourtant un véritable capharnaüm. Je ne serais même pas surprise qu'on y retrouve un jour un bébé mammouth momifié.

Oh, des fois, elle se fâche contre lui. Mais il n'y a jamais de conséquences.

(...)

J'ai mal au ventre parce que j'ai mes règles. Déjà ? ! Merci utérus, c'est vraiment le temps de montrer que tu existes.

(…)

Pourquoi les publicités sont revenues sur mon blogue ? Pourquoi suis-je la seule à qui le ciel tombe sur la tête de manière aussi régulière ?

(...)

Je me sens une moins que rien.

Vraiment une mauvaise journée.

Je tiens la bague que Matou m'a donnée dans ma main. Ça me fait du bien de penser à lui.

Dire que Mom s'imagine que j'ai changé à cause de lui. Absurde.

Faut que je dorme.

Super mignon, mais...
comment ça fait
pour passer !?

Namxox

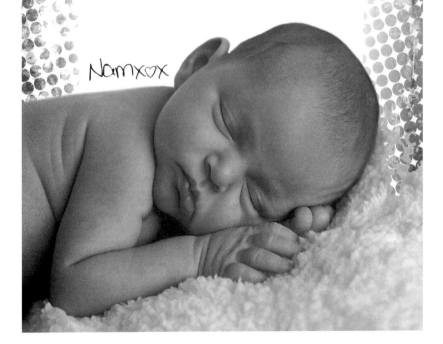

Publié le **17** novembre à **12** h **07** par Nam
Humeur : Morne

> D'une pierre deux coups

Une prof de l'école est venue nous rencontrer au local des Réglisses rouges. Elle nous a remis une liste des 23 élèves qui souhaitaient faire du bénévolat pour nous. Chouette ! 😊

C'est le programme qui l'exige. La prof a trouvé notre idée géniale, d'autant plus que les élèves n'ont même pas besoin de se déplacer pour accomplir leur bénévolat.

Ils vont même signer une espèce de contrat qui nous assure qu'ils vont respecter leur parole.

Kim est en train de faire une horaire. Nous serons au local deux midis par semaine, pas plus. Enfin, une chance de respirer un peu.

(...)

Mon moral est encore bas.

J'ai parlé à Monsieur Patrick de mon idée de demander aux candidats d'écrire un texte afin de voir qui serait le rédac en chef le plus compétent. Il m'a juste dit qu'il « va voir ».

Voir quoi ? Je ne lui ai pas demandé.

J'ai pas le goût d'entrer en compétition avec d'autres. Pas le goût de me battre.

Et ce matin, Mom et moi, on ne s'est pas dit un mot. On n'avait rien à se dire.

De toute façon, elle m'empêche de m'exprimer. À quoi bon parler ?

(…)

Il y a toujours pire que soi. Je m'en rends compte avec les personnes que je rencontre au local des Réglisses rouges.

Kim était de garde hier. Une fille de secondaire 1 est venue dans le local, elle n'était vraiment pas là. Dans le sens qu'elle avait pris de la drogue ou quelque chose du genre.

Elle avait un sourire béat et ses yeux étaient mi-fermés. Elle parlait trèèès leeenteeemeeent.

(Comme mon frère, mais lui, il n'a pas besoin de substances interdites pour parler comme ça.)

Et là, sans que Kim lui ait demandé quoi que ce soit, la fille a dit qu'elle était enceinte et qu'elle voulait garder le bébé.

Elle a 13 ans ! Presque mon âge ! 😳

Elle veut lui donner tout l'amour qu'elle n'a jamais eu de ses parents.

C'est sûr qu'un jour, je vais avoir des enfants. Mais genre à 25-30 ans. Pas maintenant. De toute façon, aux dernières nouvelles, pour avoir un bébé, faut faire l'amour. Et je ne me sens vraiment pas prête.

D'ailleurs, franchement, j'ai du mal à imaginer qu'une tête de bébé puisse passer par là. D'accord, le corps humain, c'est élastique, mais il y a des limites.

Mettre un tampon, ça va. Mais faire passer une mont-golfière toute plissée et qui pleure ? Ouch !

L'année dernière, j'ai vu un accouchement sur le Net. J'ai été traumatisée. ☹

La pauvre femme hurlait tellement que le mari est tombé dans les pommes, le médecin n'arrêtait pas de lui dire de pousser, mais pas trop pendant qu'une grosse madame filmait la scène en pleurant et en répétant « t'es capable, t'es capable ». Il y avait plein de liquide et de sang. Et quand le bébé est sorti, un garçon, il a fait pipi sur sa maman pour la remercier (ou faire son territoire ?).

Je pense que je vais demander une césarienne. Et si le médecin ne veut pas, je vais m'en faire une ! ☺

Je vais juste avoir besoin d'une paire de ciseaux rouillés, un peu de dentifrice pour désinfecter et une machine à coudre pour tout refermer. J'aurai juste à mordre dans un citron si j'ai trop mal.

Mom dit que ses accouchements ont été des moments merveilleux. Ça lui a pris 36 heures pour mon frère, entre les premières contractions et la naissance. Un jour et demi !

Et moi... Une seule heure a été nécessaire. Paraît que je suis sortie comme un homme-canon. J'ai fait un trou dans le mur de la chambre d'hôpital. (Meuh nooon.)

La cloche vient de sonner.

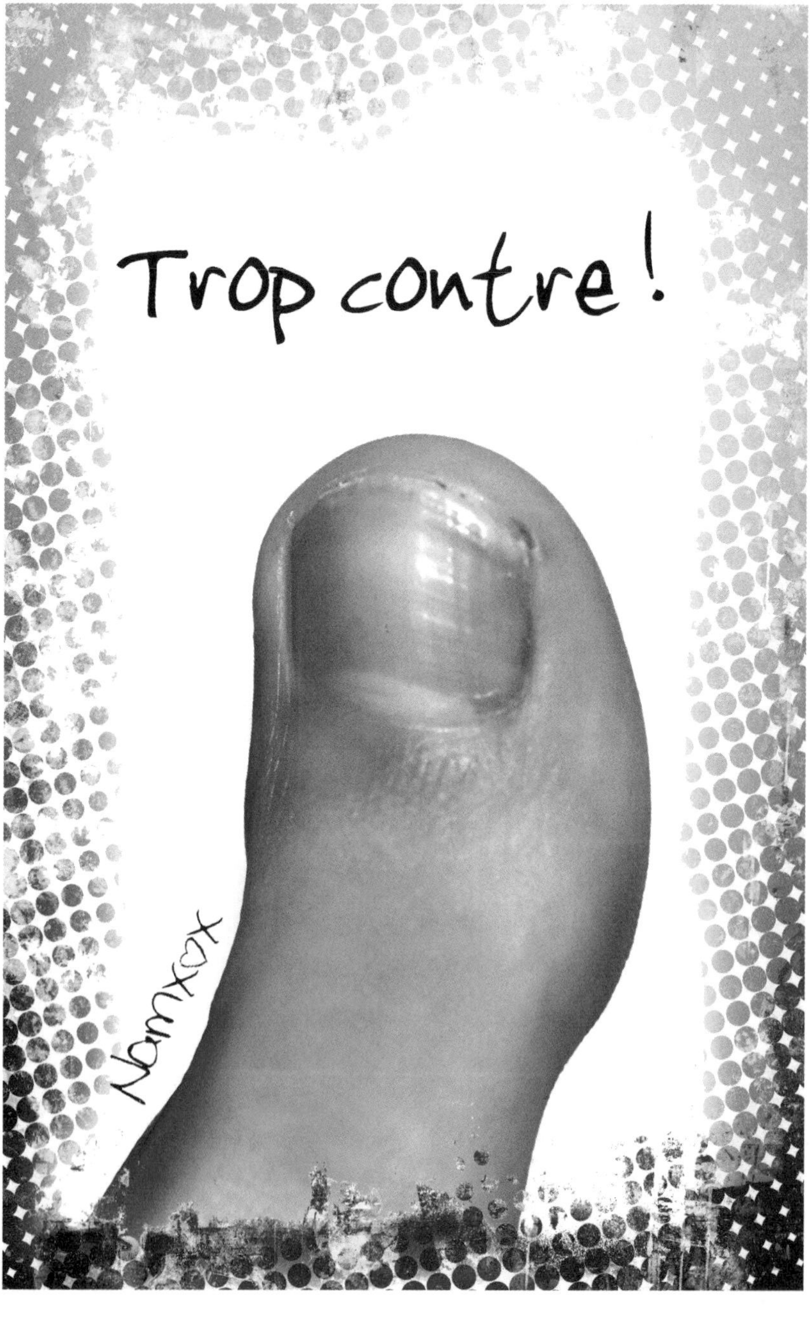
Trop contre !

Publié le 17 novembre à 17 h 02 par Nam
Humeur : Grise

> **Mauvais moments, la suite**

Comme si ce n'était pas assez, mon ex, Michaël, a raconté des fausses histoires sur mon compte.

Primo, il dit que c'est lui qui m'a laissée. La vérité est que je lui ai donné un coup de pied dans le derrière pour qu'il décolle. Je ne pouvais pas être plus claire : DÉGAGE !

Secundo, il dit que je suis super jalouse de sa blonde Mylène au point d'halluciner et de l'accuser de me harceler. La vérité est que oui, je suis un peu jalouse d'elle. Mais j'ai de bonnes raisons de croire que c'est elle, le *troll*.

Et tertio, il dit que je suis pas déniaisée et que même embrasser me gêne. La vérité est que Michaël embrasse comme un dromadaire qui a mal aux dents; ce n'est pas de ma faute si ce n'est pas plaisant !

Kim dit qu'il faut que je l'ignore.

Facile à dire.

Relaxe-toi, Nam. Relaxe.

(…)

Monsieur Patrick a retenu mon idée. Les personnes intéressées au poste de rédacteur en chef doivent écrire un texte de 500 mots. Et ce doit être un éditorial.

Je ne savais pas ce que c'était, je suis allée voir dans le dictionnaire : en gros, c'est un texte d'opinion. Pour ou contre un sujet.

J'ai la fin de semaine pour l'écrire.

De quoi je pourrais bien parler ?

❄ Je suis CONTRE les concombres ? (Ça me donne mal à l'estomac.)

❄ Je suis POUR les bouteilles de ketchup en plastique ? (C'est plus facile à vider.)

❄ Je suis CONTRE les deux tranches croûtées aux extrémités des pains tranchés ? (On les paye et personne ne les mange, c'est un SCANDALE !)

❄ Je suis POUR les bébés animaux, TOUS les bébés animaux ? (Trop *cutes* !)

❄ Je suis CONTRE les gros orteils ? (Les miens sont vraiment laids. Et croches.)

❄ Je suis CONTRE les sudokus. Même les plus faciles, je n'arrive pas à les terminer. (Même quand il ne reste qu'un chiffre à mettre sur la grille, j'arrive à me tromper.)

Ouf ! Que de choix ! Tellement importants, une question de vie ou de mort.

Monsieur Patrick n'a pas voulu me dire combien de candidats comptent se présenter. J'ai insisté, mais il a refusé. Méchant !

Il n'est plus comme avant avec moi. Il y a comme un malaise. ☹

Je ne sais plus si je veux participer au journal.

Je vais y penser.

(…)

Grosse discussion avec Kim cet après-midi en revenant de l'école.

Le sujet était joyeux : l'avortement.

Kim n'est pas enceinte, et moi, vraiment pas. Mais la fille qui l'est est revenue ce midi au local des Réglisses rouges. Elle était en état de panique. Sa mère veut qu'elle se fasse avorter. Et elle ne veut pas, elle veut garder l'enfant.

C'est la première fois que je me pose la question : est-ce que je suis pour ou contre l'avortement ?

C'est vraiment complexe. Et c'est une question super personnelle.

On en a parlé un peu dans notre cours de français il y a quelques semaines.

Deux clans qui s'opposent : les pro-vie et les pro-choix.

Pour les pro-vie, l'avortement est un meurtre. Même si la femme tombe enceinte après un viol. Je trouve ça pas mal extrême.

Pour les pro-choix, l'avortement permet aux femmes d'avoir le contrôle de leur corps. Si la grossesse n'est pas voulue, si l'enfant risque de vivre dans des conditions exécrables et qu'il n'est pas désiré, il vaut mieux interrompre la grossesse.

Avant, l'avortement était un crime et les femmes qui interrompaient leur grossesse étaient considérées comme des criminelles. Tout se faisait en cachette ; les femmes se rendaient chez des supposés spécialistes qui les avortaient avec des aiguilles à tricoter ou d'autres instruments inappropriés. Plusieurs femmes ont développé des infections et sont mortes. Si l'interruption avait été pratiquée correctement, par exemple par des médecins, elles seraient encore vivantes.

Supposons (SUPPOSONS) que je tombe enceinte. Genre par hasard (SUPPOSONS que ça se peut). Je pense que je préférerais me faire avorter. Avoir un enfant à 14 ans, c'est se compliquer la vie.

Je suis loin d'avoir fini mes études et je veux vivre ma vie d'ado, faire des trucs que les adultes ne font pas. Comme danser la danse des canards jusqu'à quatre heures du matin en buvant une tonne de thé à la menthe et dormir en équilibre sur une rampe d'escalier pendant au moins une heure.

Hum... J'en suis consciente, ce sont les pires exemples de tous les temps.

Ce que je veux dire, c'est que pour avoir un bébé, il faut être responsable. Je garde les jumeaux Max pendant quatre heures et j'ai le goût de m'arracher les sourcils. Je m'imagine mal être leur mère.

En plus, un bébé coûte beaucoup d'argent. Les couches, les vêtements, les accessoires comme la cage et la laisse (beuhhh).

La fille enceinte a demandé à Kim ce qu'elle devrait faire. Avoir l'enfant ou se faire avorter ?

Kim n'a pas su quoi lui répondre. On est là pour écouter les gens, pas leur dire quoi faire.

La fille a l'air de vraiment y tenir. C'est bizarre. C'est comme si avoir un bébé allait régler tous ses problèmes.

Elle ne voit pas toutes les responsabilités qui viennent avec. Pour l'instant, il est dans son utérus, tous ses besoins sont comblés. Dans huit mois, elle devra s'en occuper 24 heures sur 24, 365 jours par année.

C'est tout un contrat !

Et elle consomme de la drogue, c'est évident. Pas super bon pour le fœtus, ça !

Il y a aussi une autre question : et le père dans tout ça ? Ce bébé, il s'est fait à deux, non ?

Ce n'est pas le gars qui doit se poser des questions aussi pénibles que celles-là. Ce n'est pas lui qui le porte dans son ventre.

C'est injuste. Faudrait que les hommes puissent tomber « enceints » eux aussi.

Je vais trouver une solution et je reviens. 😎

* *

BÉBÉ À VIE
Vous aimez vos animaux lorsqu'ils sont bébés ? Et lorsqu'ils vieillissent, vous vous en désintéressez ? Nous avons une solution à votre problème. En leur injectant tous les jours notre hormone secrète, ils resteront petits et vous les aimerez ainsi jusqu'à leur mort prématurée.
www.leshormonesreglenttout.com

* *

Mon nouveau moi

Nomxox

> Deuxième round

Je viens encore de me disputer avec Mom.

Elle a trouvé sous mon oreiller la bague que Mathieu m'a donnée.

Et là, elle capote solide. Elle dit que c'est une bague qui vaut au moins mille dollars.

Qu'est-ce qu'elle en sait ? ! Est-ce qu'elle a déjà travaillé dans une bijouterie ?

Et qu'est-ce qui lui a pris de fouiller dans MA chambre ? Il paraît que c'est en défaisant mon lit pour laver les draps qu'elle l'a trouvée.

Je n'ai pas demandé qu'on lave mes draps. Si je veux dormir dans une mer d'acariens, ces horribles et minuscules insectes qui mangent mes peaux mortes, c'est mon droit, non ?

Elle veut que je rende la bague à Mathieu et elle veut contacter sa mère pour lui en parler. J'ai honte !

Je ne suis pas idiote, je sais que ce ne sont pas de vrais diamants qu'il y a dessus. Je sais combien ça vaut, des diamants. C'est la pierre précieuse la plus chère du monde.

Mathieu travaille au salaire minimum. Avec la montre qu'il m'a achetée, il ne peut pas se permettre une dépense aussi folle.

Cette bague, c'est du toc. C'est une imitation. Ce n'est pas ça, l'important. C'est sa signification qui compte. C'est un symbole de notre amour.

Et même si elle était vraie, si c'était de vrais diamants, qu'est-ce que ça changerait ? C'était peut-être à quelqu'un de sa famille. Comment je peux savoir ? Ce serait vraiment indélicat de lui demander.

Je l'ai dit à Mom, la prochaine fois qu'il m'offre un cadeau, je fais une enquête. J'engage un détective privé qui, avec sa grosse loupe et sa pipe, remontera aux sources. Et qui me fournira un rapport que je remettrai à ma mère pour l'empêcher de *badtriper*.

Argh ! J'ai le goût de manger mon oreiller tellement je suis fâchée !

Elle a aussi remarqué ma nouvelle montre. Je lui ai dit que c'était une amie à l'école qui me l'avait prêtée. Je sais, j'ai menti. Mais je n'avais pas le choix ! Si je lui avais dit la vérité, c'est elle qui aurait mangé mon oreiller.

Je capote tellement.

Pas question de remettre la bague à Mathieu. Qu'est-ce que je vais lui dire ? « Ma mère ne veut pas que j'accepte ton cadeau » ? Ça fait tellement troisième année du primaire.

Et la montre, je vais la laisser dans mon casier.

Comme ça, Mom va me foutre la paix.

Quand elle m'a redonné mon cell, j'ai vu qu'elle avait lu les textos que j'avais reçus.

Elle m'a dit qu'elle n'avait pas fait exprès. Mon œil !

Elle m'espionne.

Depuis qu'on sait que Pop s'en va à la guerre, elle n'est pas du monde.

C'est dur pour nous tous, pas juste pour elle.

(...)

Le *troll* m'a envoyé d'autres messages.

Cette fois, à ma nouvelle adresse courriel.

Je sais qu'il ne faut pas faire ça, mais je lui ai répondu.

Je n'ai pas été gentille.

Je suis tannée d'être bonne. ☹

Si ça continue, des cornes vont me pousser sur le front, une queue en flèche va me sortir du derrière et je vais piquer les fesses de tous ceux qui m'énervent avec un trident.

(…)

Je viens de texter avec Mathieu, ça m'a fait du bien.

Je lui ai dit que je venais de m'engueuler avec Mom, mais sans mentionner pourquoi.

Pas question qu'il découvre que ma mère est aussi envahissante. Il va se dire : si la mère est comme ça, la fille doit l'être aussi.

(...)

Faut que j'étudie.

Publié le 18 novembre à 11 h 03 par Nam
Humeur : Sombre

> ## > Elle est de retour

Le *troll* m'a envoyé plus de 25 textos depuis ce matin.

Il a fallu que j'éteigne mon cellulaire.

Elle est folle !

Toujours le même mot : « garce ».

Mon ami le dictionnaire m'indique que « garce » signifie « fille de mauvaise vie ».

Je me doutais que ce n'était pas gentil. Je la vois mal me texter « amour », « paix » ou « relish ».

Garce : c'est tout moi, ça.

(...)

Je suis en cours de français mais à la biblio. Monsieur Patrick nous laisse du temps pour faire des recherches sur le Net.

On doit écrire un texte sur une personne qui a marqué son époque dans son champ de travail. J'ai choisi Edgar Allan Poe, un des premiers auteurs de romans d'horreur.

Mais là, je n'ai pas le goût de travailler.

Une espionne (dont le nom de code est KIM) m'a rapporté qu'une seule autre personne va se présenter pour le poste de rédactrice en chef.

Elle est en secondaire 5, elle a 16 ans et c'est une championne en français. Depuis trois ans, c'est elle qui a le méritas.

Elle a même déjà gagné un prix pour une nouvelle publiée dans un vrai livre.

Mon espionne n'en sait pas plus sur elle.

C'est sûr que je vais perdre contre une championne.

Mais mon espionne croit en moi.

Mon espionne dit que je devrais malgré tout l'affronter parce que j'ai de vraies chances de gagner.

Mon espionne, qui fait une recherche à côté de moi, vient de se mettre un crayon dans chaque oreille et elle se trouve drôle. Moi aussi.

(...)

Un gars dans la classe a trouvé un livre sous un meuble de la biblio. Un super vieux livre (1899 !) qui s'intitule *Livre de poche de la jeune fille*.

Hallucinant ce qu'on peut lire là-dedans !

Kim et moi, on se bidonne vraiment.

Exemple : si on lit autre chose que la Bible, c'est une « mauvaise lecture ». On dit que les romans, c'est comme la drogue, ça rend accro.

« La lecture de romans enseigne le mal. Et le fait aimer. Les romanciers sont des créateurs de criminels. Nous ne le répéterons jamais assez : la lecture des romans fait pratiquer le mal. »

Trop drôle.

Dire qu'aujourd'hui, on oblige les jeunes à lire.

Je vais demander à la bibliothécaire si je peux l'emprunter.

Ça fait du bien de rire.

> Merci Madame Shhht !

Trop *cool* ! Non seulement la bibliothécaire, renommée par les gars de la classe Madame Shhht !, m'a dit que je pouvais emprunter le livre, mais elle m'a dit aussi que je pouvais le garder. Il n'est pas dans la base de données et le livre n'est plus « pertinent ».

Yé !

Le *Livre de poche de la jeune fille* va me remettre dans le droit chemin.

C'est plein de trucs pour sauver mon âme.

Mon âme est contente.

(...)

Finalement, j'ai redonné la bague à Matou.

Je lui ai dit la vérité : ma mère trouve que c'est un trop gros cadeau. Je pensais qu'il allait me répondre qu'il l'avait trouvée dans une boîte de céréales, mais non.

– Il n'y a pas de trop gros cadeaux pour ma Namou d'amour.

Ahhh. Trop mignon.

Il n'était pas fâché. Il a juste dit qu'il comprenait.

– Combien elle vaut, cette bague ? je lui ai demandé.

– Aucune idée. Cher, sûrement. Je l'ai trouvée dans mes affaires.

– Tes « affaires » ? Quelles « affaires » ?

Il m'a fait un clin d'œil.

– « Affaires » comme dans « ce n'est pas de tes affaires ». Si je te dévoile tous mes secrets, il n'y aura plus de mystère.

Et il m'a embrassée.

Mais j'ai quand même gardé la montre. 😊

(…)

L'histoire de la fille enceinte à l'école prend des proportions insoupçonnées.

Ce qui se dit dans le local des Réglisses rouges reste dans le local des Réglisses rouges.

C'est une règle primordiale. La plus importante.

Pas question d'aller raconter à gauche et à droite que telle fille a des poils dans le dos ou que tel gars vit une relation tumultueuse avec son nombril.

Question de respect.

C'est la fille elle-même qui ne s'est pas gênée pour raconter à tout le monde qu'elle était enceinte. Et qu'elle allait peut-être se faire avorter.

Si Kim et moi, on a décidé de ne pas se prononcer pour lui mettre plus de pression qu'elle en a, ce n'est pas le cas des autres élèves.

Plusieurs disent que c'est son choix.

D'autres, moins nombreux, mais beaucoup plus bruyants, pensent qu'elle va regretter de devenir une « assassine ».

Paraît qu'une pétition circule pour qu'elle ne se fasse pas avorter.

Elle aurait dû se taire. 😖

C'est un truc personnel. Ça la regarde, pas le monde entier.

C'est son corps.

(...)

Avant d'aller manger, un conseil pour sauver mon âme d'adolescente : « La jeune fille, si elle n'est pas vertueuse et sainte, peut devenir un élément de tentation et de péché, de malheur et de mort. La femme, quand elle est bonne, est meilleure que l'homme ; quand elle est mauvaise, elle est pire. »

Commentaire de la fille pas sage : on est condamnées à être des méga Réglisses rouges ou des méga Réglisses noires. Ange ou démon. Y'a pas de milieu. Je veux avoir le droit d'être une Réglisse grise, parfois !

Degré de *NAAAWAAAK* ! : 7

* *
VOTRE ÂME POUR L'ÉTERNITÉ
Peur de mourir ? Nous vous offrons, à votre mort, d'extirper votre âme avec un aspirateur sophistiqué et de la congeler. Offrez-vous la vie éternelle pour 9,95 $ par mois.
www.revedevenueternite.com

* *

Une autre (mauvaise) idée

> Un combat nul

Mom et moi, après le souper, on a eu une bonne discussion.

Elle s'est excusée de s'être emportée et elle m'a dit qu'elle allait me laisser plus de liberté. Elle trouve difficile de me voir grandir. De voir que je suis de plus en plus secrète avec elle.

Elle comprend aussi que je n'ai pas besoin de TOUT lui dire. J'ai mon jardin secret (qui aura la taille d'un terrain de football si ça continue).

Je me suis aussi excusée d'avoir été malpolie. Et je lui ai dit que j'avais remis la bague à Mathieu. J'ai ajouté que c'était un bijou familial (menteuse !) pour la rassurer. Genre à sa grand-mère.

Mom vit beaucoup de stress à cause du départ de Pop. En plus, son médecin lui a découvert une bosse sur un sein.

Elle n'est pas vraiment inquiète, probablement un kyste ou un truc du genre.

Une petite opération et ce sera réglé.

Elle en a déjà eu dans le passé.

Mais ça reste un sujet sensible parce ma grand-mère, la femme de Grand-Papi, est morte d'un cancer du sein. 😳

Mom m'a dit qu'il me faudra être attentive plus tard.

Depuis que je sais que mes seins ne sont pas identiques, je suis très, très attentive.

Après chacune de mes douches, j'encourage mon sein plus petit à grossir.

« *Go*, p'tit sein, *go* ! »

Il me semble que ça fonctionne. Il va bientôt rattraper l'autre.

Il lui faut juste un peu d'amour. Des ondes positives. Et que je croie en lui.

Oui, oui.

(…)

Parlant de combat...

Je ne sais pas si ce sont les effets secondaires des antibiotiques, mais mon frère, pendant le souper, nous a annoncé qu'il avait pour projet de devenir lutteur.

Misère.

Et ce, avec encore une jambe dans le plâtre !

Grand-Papi s'est étouffé avec ses patates pilées et un peu de purée est sortie de ses oreilles.

Mom a levé les yeux au ciel.

Pop a soupiré.

Tintin a murmuré qu'il fallait « nourrir ses rêves ».

Youki s'est léché furieusement les foufounes.

Et moi, je me suis tournée vers lui en me demandant ce que ça pouvait bien goûter.

Lutteur ! *Nawak* !

Faut croire qu'il n'a pas encore fait une croix sur son rêve de devenir vedette.

D'ailleurs, Tintin a lu sur un site spécialisé que Fred était en nomination pour la pire vidéo virale de l'année. Il est en compétition avec une grosse dame dont la tête est coincée dans un contenant de crème glacée.

Ça va être une bataille féroce !

– Pour être lutteur, a dit Pop à Fred, faudrait que tu commences à faire de l'exercice. Là, t'es essoufflé même quand tu dors.

Bon point, Pop. Bon point.

(…)

Demain, je vais magasiner avec Matou après son travail.

Je n'ai besoin de rien, je vais faire du lèche-vitrines.

Et ce n'est pas une manière de parler, je vais vraiment lécher les vitrines.

Comme le font ces bestiole gluantes qui lèchent l'intérieur des aquariums.

Ensuite, je vais entrer dans le magasin et je vais demander qu'on me rémunère pour ce travail bien fait.

Ils ne pourront pas refuser, je suis tellement charmante.

Et mon comportement bizarroïde leur aura fait tellement peur que, pour se débarrasser de moi, ils n'auront pas le choix de me payer. 😄

(…)

Conseil pour jeune fille sage : « La femme est l'égale de l'homme, elle possède les mêmes droits : ridicule ! C'est une phrase creuse et vide de sens. Souffrir sans se plaindre, servir son mari, tenir la maison pour qu'elle soit impeccable, accoucher dans la douleur et élever ses enfants, voilà les véritables droits de la femme. »

Commentaire de la fille pas sage : on ne parle pas de droits ici, c'est de l'esclavage !

Degré de *NAAAWAAAK* ! : 9

Publié le 19 novembre à 11 h 48 par Nam
Humeur : Encouragée

> **> Je me lance**

C'est décidé, je pose ma candidature pour le poste de rédactrice en chef.

J'ai fait un rêve la nuit dernière, où j'étais coincée dans une guerre meurtrière entre les feuillus et les conifères et, à un moment donné, un lampadaire avec les ailes d'un ange a émergé du sol et m'a ORDONNÉ de devenir rédactrice en chef.

Le message était clair, net et précis.

Et là, le lampadaire a commencé à s'allumer et à s'éteindre et il me disait « *check* ça, je te fais des clins d'œil, *check* ça, allez, *check* » et là je me suis fâchée et je lui ai dit qu'il était fatiguant et, euh, je l'ai mangé.

Merci lampadaire *nowhere*.

Juste pour ne plus jamais te revoir dans un rêve, je vais poser ma candidature.

Le pire est que ce n'est même pas une blague. J'ai vraiment fait ce rêve.

(…)

Avec Kim ce matin, je suis allée voir Nath à l'hôpital.

Elle va bien. Très bien, même.

Chaque jour, elle prend du mieux. Et il faut que le personnel de l'hôpital la ralentisse. On dirait qu'elle a un turbo à la place du cœur.

L'automobiliste qui l'a heurtée était là aussi. Il lui rend visite presque tous les jours et s'occupe d'elle. Il lui apporte de la nourriture et des DVD.

Je crois même qu'ils sont devenus amis.

C'est une situation vraiment étrange.

Kim est sceptique. Elle croit qu'il ne fait ça que pour impressionner le juge et avoir une moins grosse sentence. Dès que Nath sera rétablie, il va disparaître, dit-elle. Ce serait un super manipulateur.

Moi, je suis d'un autre avis. Je sens que ce gars est sincère.

Peut-être qu'ils ne vont plus se voir dans quelques mois. Mais je crois vraiment qu'il a des regrets. Il fait du bien à Nath.

Kim est peut-être jalouse. Parce que Nath a une complicité avec lui. Elle rit de ses blagues et elle ne montre aucun ressentiment, même s'il est passé à ça de la tuer.

J'y pense, ce serait vraiment *weird* s'ils tombaient amoureux.

Non. Ça mettrait le cœur de Kim en mille miettes. ☹

(…)

Mon frère a commencé son entraînement de lutteur.

Je l'ai vu ce matin lever des contenants de jus de tomate en observant les puissants muscles de ses bras se gonfler.

Un spectacle à couper le souffle.

Il a dit à Pop que lorsqu'il n'aura plus le plâtre – on le lui enlève la semaine prochaine – il fera du jogging et de la musculation tous les matins.

Très hâte de voir ça.

(…)

J'ai rendez-vous à deux heures au centre d'achats avec Matou. J'y pense, je vais essayer de trouver un cadeau à Nath. Un truc mignon pour lui montrer que je l'aime.

Je vais dîner.

```
* * * * * * * * * * * * * * * * * * * * * * * * *
              VIVEZ PLEINEMENT
  Rouler à 180 km à l'heure sur l'autoroute n'est
    pas suffisant pour vous ? Installez le Mortal
    Turbo Power Deep et faites de chaque promenade
  en automobile un voyage à la lisière de la mort.
Vous ne verrez plus jamais la vie de la même façon.
www.toujoursplusvitepourmourirtoujoursplusrapidement.com

* * * * * * * * * * * * * * * * * * * * * * * * *
```

Presque
criminelle

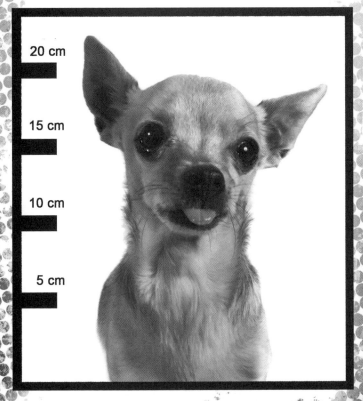

20 cm

15 cm

10 cm

5 cm

Namxox

Publié le 19 novembre à 17 h 14 par Nam
Humeur : Bouleversée

> La peur de ma vie

J'ai été arrêtée !

Et j'ai subi un interrogatoire !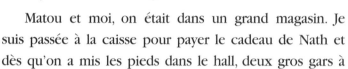

Matou et moi, on était dans un grand magasin. Je suis passée à la caisse pour payer le cadeau de Nath et dès qu'on a mis les pieds dans le hall, deux gros gars à casquette nous ont demandé de les suivre en nous tenant le bras.

J'ai demandé ce qui se passait et un des deux m'a dit que c'était parce les caméras de surveillance nous avait surpris à voler.

Nawak !

– Vous vous trompez, les gars, a dit Mathieu calmement à plusieurs reprises.

Ils nous ont entraînés dans un bureau au deuxième étage du magasin et nous ont fait asseoir sur des chaises en plastique.

Ils m'ont demandé de vider mon sac à main sur la table.

– T'es pas obligée, m'a dit Mathieu.

Je l'ai fait quand même. J'avais peur !

Il y avait mes tampons (gênant devant des inconnus, quand même !), mon portefeuille, ma vieille serviette sanitaire de secours que je traîne depuis que je suis en sixième année, mes clefs, mon gloss et mon cell.

Et c'est tout.

Ils nous ont relâchés et nous ont dit qu'ils nous avaient « à l'œil ».

Ils ont noté nos numéros de téléphone et nos adresses.

Mathieu a donné des faux, mais moi, je n'ai pas été capable, je leur ai donné les vrais.

Ça a duré moins de dix minutes, mais mon cœur a pompé assez de sang pour remplir une piscine olympique !

Mathieu, lui, a gardé son calme. Il s'est même permis d'être baveux avec eux. Il leur a dit qu'ils avaient fait une erreur, qu'ils n'allaient rien trouver, que c'étaient les pires détectives depuis Sammy et Scooby Doo.

Tout pour se faire casser le nez une autre fois !

Quand on est finalement entrés dans le hall du centre d'achats, il a poussé une espèce de cri de joie.

– C'était *cool*, il m'a dit en souriant.

Cool ? Euh, non, pas vraiment. Pour une fille comme moi qui, comme pire mauvais coup dans sa vie, a rapporté un livre à la bibliothèque avec un jour de retard (5 ¢ d'amende !), rien de plaisant là-dedans.

OMG ! S'ils appellent mes parents, je suis cuite.

– Bonjour madame, bonjour monsieur, votre fille a été arrêtée aujourd'hui parce qu'elle n'a rien volé. Pire, elle a entièrement collaboré avec nous. Vraiment, nous n'avons que des félicitations à vous faire.

Je suis encore toute chamboulée même s'il ne s'est rien passé de grave.

J'ai peine à imaginer si j'avais vraiment volé quelque chose.

Je ne suis pas faite pour être une criminelle. Je n'ai pas les nerfs pour ça.

Je suis condamnée toute ma vie à suivre la loi.

Et c'est tant mieux.

(…)

Il y a une fête ce soir chez un ami d'un ami d'un ami de Mathieu. Il m'a demandé de l'accompagner. Je n'ai pas le goût, mais j'ai dit oui quand même.

Je viens de demander à Mom et elle a accepté. Il y a des conditions : je dois rentrer avant 19 heures, je dois avoir pris mon bain avant d'enfiler mon pyjama, et m'être brossé les dents. ☺

D'accord, d'accord.

Je dois être à la maison avant 23 heures. Grand-Papi acceptera sans doute de faire le taxi.

(…)

Avant le souper, un conseil pour jeune fille sage : « La jeune fille se doit d'être simple. Elle ne doit en aucun moment céder à la vanité en se badigeonnant le visage de couleurs et en plaçant ses attributs physiques à l'avant-plan. Là n'est pas sa mission qui se résume au silence, à la souffrance et au travail méritoire et acharné. »

Commentaire de la fille pas sage : Je suis assez d'accord pour ne pas exagérer sur le maquillage, parce que les clowns, c'est dans les cirques qu'on les trouve. Mais pour ce qui est du silence... C'est essentiellement un gros « ta yeule ». Femmes du monde entier, ne nous taisons pas !

Degré de *NAAAWAAAK* ! : 6

Publié le 19 novembre à 23 h 51 par Nam
Humeur : Écoeurée

> Festival des spasmes d'œsophage

Je ne comprendrai jamais à quoi sert l'alcool !

Mom m'a déjà dit qu'un verre de vin détendait. Après une grosse journée de travail, Mom et Pop s'en servent un et discutent (c'est surtout Mom qui parle toute seule, mais ça, c'est une autre histoire).

Pourquoi trop boire ? Pourquoi ne pas s'arrêter quand on est un peu pompette ? Pourquoi certaines personnes se défoncent-elles ? C'est quoi le *trip* de boire jusqu'à être K.-O. ?

Je suis allée à la fête avec Mathieu. C'était vraiment poche.

Ce n'était pas une fête. C'était plus une assemblée de jeunes intellectuels qui désiraient élever leur âme en absorbant de l'eau de vie.

Ça se passait dans l'appartement de je-ne-sais-pas-qui, où il y a sur les murs des dizaines de peintures représentant des couchers de soleil. Je ne devrais même pas utiliser le mot « peinture », il s'agissait plutôt de « splouches ». Ou de dégâts.

J'ai passé beaucoup de temps à les observer parce que je ne connaissais personne.

La musique était beaucoup trop forte. Et aux alentours de 21 heures, tout le monde autour de moi a commencé à vomir de manière frénétique, comme si quelqu'un en avait donné le signal.

De là l'impression que les cellules dans mon nez ont trempé dans le vomi toute la soirée.

Je me dégoûte.

Le pire est qu'il a fallu que je m'occupe de Mathieu.

Je n'étais pas contente. Vraiment pas.

Il a bu beaucoup trop de bières. Cinq ou six. Et il a aussi avalé des *shooters* d'alcool. Quatre ou cinq.

Comme tous les autres, il s'est mis à être malade là où il ne fallait pas.

Genre dans l'évier de la cuisine.

Ou sur le plancher.

Parce qu'il y avait une file pour aller à la salle de bains. Pas de gêne, les gens n'attendaient pas d'avoir la cuvette devant eux pour se soulager l'estomac.

Tout autour de moi, des bruits de puissantes régurgitations.

Couchés les uns à côté des autres avec une ballerine qui danse à côté d'eux, ça aurait été un beau spectacle pour les personnes qui aiment être brusquées dans leur routine.

Il se serait bien trouvé un critique pour affirmer que c'était un spectacle « qui remue ».

Sans entrer dans les détails, j'aurais pu dire sans me tromper ce que chacun avait mangé au souper.

Sauf un gars que j'ai croisé, qui a éclaboussé le mur du salon avec une substance remplie des grumeaux d'une couleur jamais répertoriée auparavant.

Il y a des scientifiques qui découvrent de nouvelles espèces animales ou de nouvelles planètes.

Moi, grande exploratrice, je pourrais me spécialiser dans les couleurs des flaques de vomi.

Mais c'était quand même plus beau que les peintures sur les murs.

Les voisins capotaient. Ils n'arrêtaient pas de frapper au plafond pour que cesse la musique.

Comme j'étais la seule qui sentait encore bon, j'ai essayé de baisser le volume du système de son.

Mais ça n'a pas marché. Au contraire, je l'ai augmenté !

La tête d'un gars aux cheveux longs et frisés a émergé du canapé pour me faire savoir que le bouton du volume de la chaîne stéréo était « tout *fucké*, faut prendre la patente ».

Puis le type est retourné dans sa tanière, faute d'avoir vu son ombre (le printemps, ce sera dans longtemps).

La « patente », j'en ai déduit que c'était la télécommande. Je suis partie à sa recherche.

J'en ai trouvé sept. J'ai activé la radio dans la cuisine, le lecteur DVD, le cinéma-maison, l'enregistreur numérique, le terminal pour le câble, la télévision, un autre bidule avec des lumières et un poisson sur le mur avec un chapeau de Noël qui chante « Mon beau sapin » en se tortillant et en ouvrant la bouche comme s'il agonisait sur un quai un jour d'été (je sais pas trop où est le lien, mais il a déclenché une autre salve de vomissements).

Pas de trace de la télécommande de la chaîne stéréo.

On a cogné à la porte. Je suis allée répondre : c'était la police.

Je me suis dit : « Ça y est, ils viennent m'arrêter parce que je me suis fait prendre à n'avoir rien volé cet après-midi au centre d'achats. »

Toujours optimiste, cette Namasté !

En fait, ils m'ont dit avoir reçu plusieurs plaintes pour « tapage nocturne ».

– Je vous assure, y avoir pensé, je vous aurais aussi appelés.

C'était une blague. Mais ils ne l'ont pas saisie du tout.

– T'habites ici ? m'a demandé le moustachu.

– Oh, non.

Il a sorti un carnet de la poche de sa chemise.

– Alors qui habite ici ?

– Aucune idée.

– Il y a un parent ?

– Je sais pas.

– Que fais-tu ici ?

– Sincèrement, je me le demande.

Ils sont entrés et en faisant bien attention de n'écraser aucune épave, ils ont inspecté les lieux.

Le moustachu, en revenant vers la porte, a mis le pied dans une flaque de vomi.

C'était comme s'il était en patin sur une patinoire et qu'il apprenait à en faire. En s'appuyant au mur, il a réussi à reprendre son équilibre. Et, blessé dans son orgueil de représentant de la Justice, il a fait comme s'il ne s'était rien passé.

– Baisse ça, il m'a dit en pointant du doigt la chaîne stéréo.

– Je sais pas comment faire.

Il a regardé son collègue et a levé les yeux vers le plafond. Je l'ai entendu penser : « Pauvre nouille. »

Il a fait la même chose que moi, il a tourné le gros bouton dans le sens contraire des aiguilles d'une montre.

Les haut-parleurs ont failli exploser.

Là, la tête frisée dans le canapé a fait une autre apparition : « C'est tout *fucké*, faut prendre la patente. »

Et il a de nouveau disparu.

Au même moment, le poisson avec le chapeau de Noël a recommencé à chanter.

Vraiment, c'était un moment féerique. 😫

Les policiers sont partis en se pinçant. Ont-ils véritablement vu un frisé jaillir d'un canapé ?

(...)

Je vais me coucher. La suite demain. Je suis morte. Je dois être en forme, j'ai *full* devoirs.

> **Mon *chum* comme je ne veux plus le voir**

Oh là là ! J'ai tellement dormi. Je me suis levée à 11 heures. Mom est venue dans ma chambre à quelques reprises pour s'assurer que je respirais encore.

Il y a des relents de vomi dans ma chambre, même si j'ai brûlé mes vêtements et mes cheveux.

Ça colle, cette odeur. C'est fou.

Mathieu travaillait à huit heures ce matin. Sincèrement, je ne sais pas comment il a fait pour se lever. Il était vraiment pété hier soir.

Je vais lui en parler. Je ne trouve pas ça drôle.

Boire un peu, s'il aime ça, d'accord.

Mais pas comme hier soir. Gros manque de classe.

Pour moi, le voir faire des bruits de brontosaure qui s'étouffe, ce n'est pas super romantique.

Pas le spectacle « sons et lumières » qui attise mon désir pour lui.

Il y a aussi que je sais ce que l'alcool peut faire. Ça a ravagé plusieurs familles (dont une partie de la mienne), parfois pendant des décennies. Sans compter les têtards gluants qui conduisent en étant soûls.

Stupide, stupide et stupide.

73

On devrait les pendre par la langue et les chatouiller avec des plumes de paon en leur faisant écouter un poste de radio qui diffuse de l'acid jazz (je sais pas ce que c'est, mais ça a l'air vraiment mortel).

Oh ! Namasté, t'es tellement cruelle quand tu veux !

Donc hier soir, Mathieu était intoxiqué au point où il ne pouvait plus se tenir sur ses jambes.

Qui a dû s'occuper de lui ? Moi !

Ce n'est pas de s'assurer qu'il n'utilise pas ses chaussures comme récipients à vomi qui m'a dérangée.

S'il avait été malade à cause d'un virus, jouer à l'infirmière n'aurait pas été une corvée pour moi.

Mais là, tsé, c'est en raison de l'alcool. C'est de sa faute.

Il était dans un état lamentable. Complètement coma.

Je pense que ce qui me perturbe vraiment est qu'il n'avait plus aucune dignité.

J'aurais pu le maquiller en geisha, lui fourrer deux tulipes dans le nez et des bébés carottes dans les oreilles, il ne se serait rendu compte de rien.

Un truc étrange, cependant. Ça m'est revenu ce matin pendant que je m'instruisait en lisant les ingrédients de la boîte de céréales.

Quand il reprenait un peu conscience entre deux épisodes de vomi, il me disait à quel point il m'adorait, que j'étais la femme de sa vie, que j'étais belle et blablabla.

Et à un moment donné, il m'a fait promettre de continuer à l'aimer même quand je connaîtrais son secret.

Un secret ? 😃

Je veux savoir !

J'aime les secrets, mais seulement ceux que je peux connaître. Sinon, ils me torturent.

J'ai essayé d'en savoir plus, mais c'était peine perdue, il s'est endormi.

Est-ce qu'il a un vrai secret ou si c'était du délire ?

(…)

Matou et moi, on vient de se texter.

Matou : « Désolé pour hier soir. Ça va ? »

Namou : « Je me suis levée à 11 h ! Te voir soûl était troublant. »

Matou : « Vraiment désolé. Je ne me rappelle de rien. »

Namou : « … »

Matou : « T'es fâchée ? »

Namou : « Plus déçue que fâchée. »

Matou : « VRAIMENT désolé. :-(»

Namou : « Ça va passer. Tu m'as parlé d'un secret. »

Matou : « Un secret ? »

Namou : « Tu m'as demandé si j'allais toujours t'aimer quand je connaîtrais ton secret. »

Cinq minutes passent. Je le relance.

Namou : « Allô ? »

Matou : « Désolé, je dîne. Je n'aurais pas dû te parler de ça. »

Il a vraiment un secret !

Namou : « Alors, qu'est-ce que c'est ? »

Matou : « Je ne veux pas en parler maintenant. »

Namou : « Allez... Tu sais bien que je vais t'aimer même si tu m'apprends que t'as les pieds palmés comme ceux d'un canard. ;-) »

Quatre minutes plus tard :

Namou : « T'es encore là ? »

Je n'ai toujours pas eu de réponse. Il est probablement retourné travailler.

(…)

Maintenant que je sais qu'il a un secret, je ne pense qu'à ça.

Qu'est-ce que ça pourrait être ?

La dernière fois que j'ai joué à ce jeu, c'était avec Kim.

Et j'étais loin d'avoir trouvé la vérité.

Je m'essaie encore une fois :

❀ Il me trompe avec une de ses baigneuses de 93 ans. Il aime qu'elle lui raconte l'époque où il fallait marcher cinq heures dans les bois afin de pouvoir se soulager dans une cabane qui changeait d'endroit sans avertissement, merci aux nuées de mouches. Aussi, chacun dans une chaise berçante, il adore quand elle évoque le jour où le maréchal-ferrant lui a arraché toutes ses dents sans anesthésie avec une pince en métal pendant que l'entrepreneur en pompes funèbres prenait ses mesures pour un cercueil. Elle avait 10 ans.

❀ Il a une blonde au Lichtenstein. Ou aux Îles Mouk Mouk. C'est une princesse qui l'a contactée personnellement par courriel. Quand elle sortira de prison, il héritera de 20 % des 400 millions de dollars qu'elle possède. Entretemps, je suis son bouche-trou.

❀ C'est un vampire et il a 268 ans. Il n'a pas les dents pourries parce qu'il s'est toujours soigneusement passé la soie dentaire, même au 18e siècle ; il utilisait des cordes de violon. Il ne me mord pas parce qu'il ne veut pas que j'aie la même vie misérable que lui. Ohhh... Tellement romantique !

❀ Il n'a aucune des caractéristiques physiques, mais dans sa tête, c'est une petite personne. Genre, lorsqu'il est seul, il se promène constamment à genoux en criant : « Zoukini ! » Son rêve est de personnifier un des lutins du père Noël dans un centre d'achats, avec l'habit ridicule et les oreilles pointues. Son fantasme ultime est, évidemment, Blanche-Neige.

❀ Il est à la tête d'une organisation secrète, la OECHLNEOADVSL (prononcez « Zoukini ! »), « On entre chez vous la nuit et on abuse de votre sèche-linge ». Ses membres volent les chaussettes dans les sécheuses pour casser les paires. Si c'est ça, c'est un vrai salopard ! C'est un faiseur d'orphelines !

Bon, faut que je me calme.

S'il ne me le dit pas, je n'aurai pas le choix, faudra que je le harcèle. ☺

Quand Namasté veut quelque chose, impossible de le lui refuser.

(...)

Parlant de harcèlement, ça fait quelques courriels que j'envoie au *troll*.

J'ai décidé de me défendre.

J'essaie de provoquer la fille pour qu'elle commette une erreur.

On verra.

Pour l'instant, elle ne m'envoie que des mots chargés de tendresse, genre « conne », « vache » et le classique « garce ».

(…)

J'ai *full* devoirs et études.

Matou voulait qu'on se voie ce soir, je ne sais pas si je vais pouvoir.

Au travail, par Toutatis !

(…)

Mais avant, un conseil pour jeune fille sage : « La coquetterie, que ce soit en portant une coiffure soignée ou des vêtements à la mode, ne fait pas seulement rire à ses dépens, elle déprave et corrompt la jeune fille. Les jeunes hommes vont la fuir comme on fuit la ruine et le malheur. »

Commentaire de la fille pas sage : O.K., demain, à l'école, j'enfile un sac à ordures orange fluo et je me coiffe les cheveux avec la brosse à légumes. TOUS les gars vont être à mes pieds.

Degré de *NAAAWAAAK* ! : 9

Mon nouveau frère

Namxox

Publié le 20 novembre à 20 h 04 par Nam
Humeur : Affairée

> **Fred et ses muscles**

Ouf ! Journée de devoirs et de leçons.

Et à entendre mon frère pousser des cris qui me donnent la chair de poule.

Il s'est mis en tête de se fabriquer un « corps de dieu ». Je soupçonne Tintin d'être complice.

Je me demande de quel dieu il parle.

(…)

Alors voilà, après des heures de recherches et à l'aide de milliers d'ordinateurs, j'en suis venue à la conclusion que le dieu dont il parle est Hanoumân.

Il fait partie de la mythologie hindouiste. Et il a l'apparence d'un singe. C'est d'ailleurs le patron des lutteurs ! Je ne me trompe pas, je suis sûre qu'il s'agit de ce dieu.

Quand il fait des efforts, Fred pousse justement des cris de singe dont la queue serait coincée dans une porte-fenêtre. Il paraît que ça lui donne de la force supplémentaire. Tintin m'a dit que certaines des plus grandes joueuses de tennis utilisaient cette méthode pour plus de puissance. On dit que ça les aide aussi à se concentrer.

Je me vois mal, pendant un examen ou à la biblio, expliquer à mon prof ou à Madame Shhht ! que les cris que je pousse de manière aléatoire m'aident à travailler.

Après sa première vocifération, parce que j'étais persuadée qu'il venait de se coincer la langue dans la fermeture éclair de son pantalon, TOUT EST POSSIBLE, j'ai couru jusqu'à la chambre de Fred.

– Ça va ?

– Ouais, bien sûr.

Il était torse nu. Et dans chaque main, il avait un rouleau de sous noirs.

Il les a soulevés et a laissé échapper un autre cri.

– Qu'est-ce que tu fais ?

– Ça ne se voit pas ?

– Ce que je vois, c'est mon frère assis sur son lit, à moitié nu, qui lève des sous et crie sans aucune raison.

– Je fais travailler mes muscles.

– Les muscles de ta gorge ?

– Non ! Voyons, Nam ! Les muscles de mes bras !

– En levant des sous !

Tintin est apparu derrière moi.

– Pour finir gros, il faut commencer petit. Quand il sera prêt, on passera aux rouleaux de 25 sous. Puis aux dollars.

– D'ici quelques semaines, a ajouté mon frère, je vais être méconnaissable.

S'il se transforme en Hanoumân, il ne sera pas si méconnaissable que ça. 😊

(...)

J'avais mal noté les devoirs que j'avais à faire en maths. Kim vient de me donner les bons numéros. Il m'en reste 25.

Schnoute !

(…)

Que le grand cric me croque !

Je n'ai pas écrit mon éditorial ! C'est pour demain. 500 mots. Je n'ai même pas de sujet.

Schnoute puissance 1000 !

Et je dois préparer une espèce de discours pour que les gens votent pour moi.

Schnoute puissance 10 000 !

Publié le **21** novembre à **6** h **47** par Nam
Humeur : Éreintée

> Mission accomplie, mais je veux mon lit

Il n'est même pas encore sept heures et je suis crevée.

Super journée en perspective.

Je me suis couchée à trois heures du mat, tout habillée, pas les dents brossées et encore moins le visage lavé à l'eau de mer distillée bouillie trois fois afin de préserver ma grande beauté.

Je me disais que mon réveille-matin allait être gentil, vu les circonstances, et qu'il allait me laisser dormir.

Pas du tout. Il a sonné à l'heure à laquelle je l'avais réglé.

Sans cœur !

Au moins, tous mes devoirs sont faits et mon édito est écrit. J'ai décidé de parler de Nath, de tout le harcèlement qu'elle a subi et de son accident. « Parfois, même si la vie est cruelle avec nous, on peut s'en sortir. Nath en est la preuve vivante. C'est un exemple à suivre. »

J'étais en feu parce que lorsque j'ai compté les mots, il y en avait 620. Il a fallu que je coupe.

Est-ce vraiment un éditorial ? On verra.

Je ne peux plus rien faire.

Et ce midi, j'ai la réunion du journal. Aucune idée de ce que je dois dire pour me faire aimer et pour qu'on vote pour moi.

Allez, je retourne me coucher.

Mais nooon.

** *

NE VOUS CASSEZ PLUS LA TÊTE !
Vous n'aimez pas rédiger des textes ? Lire des
romans obligatoires vous donne des poils sous
les pieds et vous craignez que cela fasse apparaitre
des rides autour de vos yeux ? Nous possédons
une banque de plus de 5 000 textes sur des sujets
aussi divers que Shakespeare, la paresse chez
les jeunes et Zoukini !
www.allezplutotjouerauxjeuxvideo.com

* *

> Comment ça s'est passé ?

Bof.

Il y avait trois candidats pour le poste de rédacteur en chef : la fille de secondaire 5 (qui se prénomme Valentine), le mec qui pensait se trouver dans le cours d'escalade la dernière fois (!) et moi.

Monsieur Patrick a lu les textes à voix haute et les élèves ont inscrit sur des bouts de papier celui qu'ils considéraient comme le meilleur.

Valentine a parlé de la paix dans le monde, le mec a fait l'apologie du sport « le plus merveilleux du monde », qui consiste à grimper sur des roches et à ne pas se tuer en tombant, et moi, j'ai écrit un texte sur mon amie.

Puis il y a eu un exposé des candidats.

Valentine a parlé de ses talents de leader, de son expérience et de son rêve de devenir journaliste. Elle a ajouté qu'elle avait gagné des prix littéraires et qu'il ne fallait pas se surprendre si, dans chaque texte, elle glissait le mot « indubitablement ». C'est sa signature.

Le mec de l'escalade a parlé, ô surprise, d'escalade ! Des accessoires dont il avait besoin, ajoutant que pour lui, ce sport était une manière de s'évader. À son sens, on devrait commencer à en faire dès qu'on sait marcher. Il avait avec lui une espèce de marteau avec lequel il a donné un coup sur le tableau derrière lui. Le marteau a fait un trou. Il était comme trop enthousiaste. J'ai eu peur qu'il se mette à grimper jusqu'au plafond.

Je suis passée en dernier. Je n'avais rien préparé. J'ai parlé avec mon cœur. Je me suis présentée, j'ai parlé de mes parents, de Grand-Papi et de mon frère (que tout le monde a connu par sa vidéo virale, bien sûr) et de moi. Puis, pour faire bonne impression, j'ai cité une maxime que j'avais déjà lue quelque part : « La valeur n'attend point le nombre des années. »

En gros, ça signifie que ce n'est pas parce qu'on est jeune qu'on vaut moins.

J'ai dit ce que j'avais l'intention de faire avec *L'ÉDÉD*, la manière dont je voyais les journalistes (ce ne seront pas mes employés, mais des collaborateurs sans qui il n'y aurait pas de journal) et mon opinion au sujet de la disparition progressive des médias traditionnels et de la recrudescence de la convergence.

Je ne me rappelle vraiment pas de ce que j'ai dit (et ça me surprend d'avoir eu des choses à dire à ce sujet !), mais les mots qui sortaient de ma bouche ont fait en sorte que j'ai pu paraître intelligente. 😎

Il y a eu une pose de dix minutes (de très longues minutes), puis Monsieur Patrick a annoncé que c'était le mec de l'escalade avec son marteau de la mort qui était le nouveau rédac en chef.

Meuhhh nooon !

Je suis la nouvelle rédactrice en chef de *L'Écho des élèves desperados*. 😃 😃 😃

Zoukini !

Je suis tellement contente !

Même s'il n'y avait que Kim et Matou que je connaissais dans la salle, les élèves ont voté pour moi.

Vive la démocratie (surtout quand je gagne) !

Valentine est venue me féliciter. Elle était dépitée. Je lui ai promis un poste de sénatrice. (Hein ?)

Pas vu le mec de l'escalade. À l'heure qu'il est, il est peut-être accroché au plafond.

Je vais aller le sauver demain matin.

(...)

Cet après-midi, j'ai eu un petit vertige.

Est-ce que je mérite le poste ? Est-ce que j'ai vraiment les qualités nécessaires ?

Il me semble que ça me fait pas mal de responsabilités.

Faut que je trouve des sujets d'articles genre là, là. Au moins une dizaine.

Avec Kim, j'en ai trouvé un : la bouffe de la cafétéria et, par conséquent, pourquoi les morceaux de brocoli, quand on les échappe sur le sol, rebondissent avec autant de vigueur.

Wow.

(...)

Hier, quand Kim m'a parlé des 25 numéros que j'avais à faire en maths, c'était une BLAGUE. 😵

Elle pensait que je l'avais comprise.

– C'est vraiment chien ! je lui ai dit.

– Je pensais que t'avais compris. Avec mon ton.

– Ton ton ? Quel ton ? On clavardait !

– Je suis désolée, vraiment. Je ne pensais pas que t'allais mordre.

J'ai été vraiment poisson.

Résultat : je n'ai pas de devoirs de maths de la semaine parce qu'ils sont tous faits.

Zou ! Ki ! Ni !

(…)

Je vais bouffer. Mais avant, un conseil pour jeune fille sage : « L'obligation de se conformer aux désirs d'un père, et plus tard d'un mari, maintient la jeune fille dans un sage équilibre entre la vanité, la coquetterie et la négligence. Les seuls luxes que la jeune fille peut se permettre sont la propreté et l'ordre. »

Commentaire de la jeune fille pas sage : j'ai faim !

Degré de *NAAAWAAAK* ! : 8

Travailler,
c'est trop dur

Namxox

Publié le 21 novembre à 19 h 36 par Nam
Humeur : Fatiguée

> Pitié, dodo !

Je suis morte. Mes yeux se ferment tout seuls. Faut que je les tienne ouverts avec les doigts. Super pratique pour travailler.

J'ai trouvé quelques sujets pour le journal étudiant. Il faut que j'en déniche d'autres avant d'aller m'étendre dans mon lit et de me laisser bercer par les bras de Morphée.

Oui, je suis une vraie « pouète ». Je joue avec les mots comme un laitier joue avec des produits laitiers. (Hein ? !)

(...)

La pétition lancée pour protester contre l'avortement de la fille enceinte est passée sous mes yeux.

Je ne veux pas donner son nom, je vais l'appeler Caro.

Ce sont deux filles qui font circuler la pétition. Pour l'instant, elles ont obtenu dix signatures. Et parmi celles-ci, huit appartiennent probablement aux drogués de la cafétéria qui ont toujours l'air d'y passer leurs cours. Ce sont des rebelles, ils sont contre tout. Si on leur présentait un projet contre le port des sourcils à l'école, ils le signeraient tous. Un seul sait lire dans la bande, les autres l'appellent le Scribe.

Ça n'intéresse personne cette pétition, sauf les deux filles qui considèrent l'avortement comme un meurtre.

On est au 21e siècle. Il me semble que ce genre de débat ne devrait plus avoir lieu.

C'est le corps de Caro. C'est elle qui décide.

Elle a expliqué à Kim que c'était un accident, en plus. Dans un party. Elle avait bu trop de *coolers*. Et le gars n'est même pas son *chum*.

Kim ne sait pas s'il est au courant.

J'ai eu envie de dire aux deux filles de se mêler de leurs affaires.

Que Caro se fasse avorter ou non, c'est elle que ça regarde.

Tiens... Je pense que j'ai trouvé le sujet de mon premier éditorial. 😶

(...)

Je n'ai pas eu le temps de voir beaucoup mon Matou d'amouuur aujourd'hui.

Mais les deux minutes où j'ai été avec lui, je lui ai demandé 452 fois quel était son secret.

Et pour la première fois, il a eu l'air contrarié.

– Oublie ça, d'accord ?

– À moins que tu trouves une manière d'effacer ma mémoire, je ne peux pas oublier. Ça m'intrigue trop.

– Écoute... Je sais pas si je vais t'en parler. Je dois y penser.

– Je suis ta blonde. On doit tout se dire.

– Pas tout, Nam. Pas tout.

Et la cloche a sonné.

Il est parti sans m'embrasser.

Je vais laisser passer quelques jours. Le temps qu'il réfléchisse.

Ma tactique « je le harcèle jusqu'à ce qu'il me donne ce que je veux » ne marche pas avec lui.

J'ai perdu une bataille, mais pas la guerre. ☺

(…)

Parlant de guerre, Pop prépare ses bagages.

Et Mom, même si elle ne veut pas le laisser paraître, n'est pas heureuse.

Elle est plus sèche. Moins patiente. Ce soir, elle s'est fâchée contre Fred et a mis dans des sacs à ordures tout ce qui traînait sur le plancher de sa chambre. Sept sacs, quand même !

Puis elle est allée les porter sur le trottoir pour faire la joie des vidangeurs demain matin.

Ça lui a tout de même permis de retrouver des « portés disparus » : une poivrière, un livre que Fred a emprunté à la biblio il y a deux ans (l'amende va être salée ; jeu de mot avec la poivrière, je suis tellement drôle) et un pneu de scooter. Quel scooter ? Aucune idée !

C'était la première fois que je voyais Mom se fâcher autant contre Fred.

C'était traumatisant !

Au point où je suis allée faire le ménage de ma chambre avant qu'elle pète les plombs. ☻

Évidemment, les résultats scolaires de Fred sont très moyens. Il passe, mais de justesse. Il a une moyenne de 64 % et ce n'est vraiment pas assez pour Mom.

– T'es nourri, logé, on te donne tout ce que tu veux. Ta seule responsabilité, c'est d'étudier. Où est le problème ?

Habituellement, c'est Pop qui frotte les oreilles de mon grand frère quand il déconne. Entendre Mom le remettre dans le droit chemin avec autant de vigueur, c'est une première.

– Dans la vie, a-t-elle dit, il n'y a pas un million de solutions pour réussir : il faut travailler fort. Tes niaiseries sur internet, c'est une perte de temps. Et c'est humiliant. Si tu passais tout ce temps le nez dans tes livres, tu serais un premier de classe, comme ta sœur.

Oups ! Je n'aime pas quand elle nous compare. Nos personnalités sont très différentes. Fred va passer une semaine à me faire la gueule et à me traiter de chouchou.

En plus, je ne suis pas une première de classe. Je suis troisième ou quatrième.

– Namasté a un *chum*, elle s'active à l'école et elle garde des enfants. Et ses notes sont excellentes.

Arrête, Mom ! Tout ce que tu fais, c'est de le rabaisser.

– Elle passe ses soirées et ses nuits à étudier. Je ne t'ai jamais vu faire ça. Jamais !

Euh… Ce n'est pas arrivé souvent. Ces temps-ci, je texte surtout avec Matou et j'écris mon blogue. Je donne juste l'impression que j'étudie. 😕 Et ça marche.

– T'as pensé à ton avenir ? Tu sais ce que tu vas faire ? Tu ne pourras pas toujours vivre avec nous jusqu'à ce que tu deviennes millionnaire par hasard. Il faut travailler. TRA-VAIL-LER.

Là, Pop est intervenu pour défendre Fred.

Le monde à l'envers !

Mom est partie, puis Pop a aidé Fred à aller chercher les sacs à ordures sur le trottoir. Puis ils ont tout rangé dans la garde-robe et les commodes. Ce qui était sale, dans le panier de vêtements sales.

(Fred a une méthode infaillible pour détecter les vêtements sales : il les renifle. *Ewww*. Moi, je ne prends aucun risque. Si j'ai un mini soupçon, le vêtement va au lavage.)

Ce qui fait que sa chambre est impeccable.

Dans deux heures, ce sera de nouveau l'état d'urgence. Et ce sera à refaire.

(...)

Dire que j'étais fatiguée... Écrire m'énergise !

Je vais me doucher puis me coucher.

> J'aime de nouveau Monsieur Patrick

Aimer dans le sens d'ami, bien entendu.

Après qu'il m'ait retiré le poste de rédactrice en chef, je le trouvais assez ordinaire.

On a eu une discussion après le cours de français de ce matin et il a été super franc avec moi.

– J'ai toujours cru que t'étais la candidate parfaite. Mais je n'aurais pas eu l'esprit tranquille s'il n'y avait pas eu d'élections pour le poste. Ça aurait été injuste, mais je n'y avais pas pensé quand je te l'ai proposé. Alors je suis désolé de mon erreur. Sincèrement.

Je lui ai dit que ce n'était pas grave, que ça ne m'avait pas tant dérangée. Ce qui est faux, bien entendu. J'étais furax.

– Je vous pardonne, je lui ai dit. Mais ne recommencez pas.

Il m'a fait un clin d'œil.

– Promis.

Ils sont rares, les profs qui sont aussi proches de leurs élèves. Habituellement, il y a une certaine froideur. Une distance.

Pas avec Monsieur Patrick. Il est vraiment *cool*. C'est mon prof préféré de tous les temps, de tous les univers, de toutes les galaxies.

Je n'aurais probablement pas dit ça si je n'avais pas eu le poste. ☺

J'ai hésité un peu, puis je lui ai aussi touché mot au sujet de mes inquiétudes.

– Des sujets, j'en ai. Mais c'est dur d'en trouver des bons.

– Tu as raison. J'ai eu une idée, dis-moi ce que tu en penses.

Son idée est brillante : on va créer des postes de responsables dans le journal, pour alléger ma tâche. Le responsable des affaires internes (ce qui se passe dans l'école), des affaires externes (à l'extérieur de l'école), de la vie étudiante, des sports, des arts et spectacles, de littérature, des jeux vidéo et de l'escalade (le mec tient ABSOLUMENT à avoir une chronique à chaque édition – et, euh, je suis allée vérifier ce matin, il n'était accroché à aucun plafond).

Chaque responsable va devoir trouver des sujets pour les articles. Mon rôle à moi sera de coordonner le tout. Et de lire les textes, puis de dire ce que j'en pense.

– Faut pas que ça te stresse, Monsieur Patrick m'a dit. Le but, c'est d'avoir du plaisir. Et n'oublie pas que l'important, c'est l'école. Faudrait pas que tes notes baissent.

Ahhh... Monsieur Patrick. Si vous n'étiez pas un vieillard...

Prochaine fois, faut que je trouve le moyen de lui demander le nom du parfum qu'il porte. Il me fait capoter.

(...)

Matou était de meilleure humeur ce matin. Je me suis fermé la trappe au sujet de son secret, ça a probablement aidé. Avant d'aller à son premier cours, il m'a lancé :

– Faut que je te parle de quelque chose.

On s'est donné rendez-vous à la biblio. Peut-être qu'il va me révéler son secret ? 😊

Il sera là d'un instant à l'autre.

Le voilà !

La vérité
sur Fred

Namxox

> **Matou le limier**

Le « quelque chose » dont mon *chum* voulait me parler n'a pas rapport avec son secret.

Mais c'est quand même passionnant.

Depuis quelques jours, il échange des courriels avec le *troll* qui me harcèle.

Il se fait passer pour un étudiant qui me connaît très bien... et me déteste. Il prétend avoir des informations « intéressantes » à mon sujet.

Il m'a parlé alors de « *social engineering* ». Cultivée comme je suis, je savais de quoi il s'agissait.

– De quessé ? j'ai demandé en affichant mon air le plus ahuri.

– C'est comme *hacker*, mais on ne s'attaque pas à l'ordinateur, mais à l'humain.

– De quessé ! ? j'ai répété, cette fois avec un sourcil froncé, une bouche sidérée et un nez consterné.

Il m'a expliqué.

C'est une manière détournée d'avoir des informations via l'ordinateur.

Paraît que c'est plus rapide d'exploiter les failles de l'humain derrière un moniteur d'ordinateur que d'essayer de pénétrer dans un appareil pour retrouver des infos.

Je viens de chercher; en français, on dit « ingénierie sociale ».

Il est brillant, mon *chum*. Croche un peu, j'avoue, mais brillant. 😜

Donc il a envoyé un courriel à la personne qui a mordu à l'hameçon.

La prochaine étape, c'est une rencontre « en vrai » pour découvrir qui elle est.

Mais pour ça, il faut l'amadouer.

Il faut qu'il lui donne des bonbons pour qu'elle en redemande davantage.

Il va y penser et m'en reparler.

Mauvaise nouvelle, cependant : il est sûr que ce n'est pas Mylène, la blonde de mon ex.

Parce que plusieurs des courriels ont été écrits pendant les heures de classe, provenant toujours de l'adresse IP du centre d'achats de la ville d'à-côté.

Je me suis donc fort probablement fourvoyée en l'accusant pour rien.

Oups ! ☹

(…)

Ce soir, je vais voir Nath à l'hosto. Je vais apporter mon appareil photo numérique. J'aimerais écrire un article sur elle. Si elle accepte, naturellement.

Monsieur Patrick trouve l'idée excellente.

(…)

Tel que prévu, Fred est en *ta* contre moi.

Il refuse de me parler.

J'admets qu'à sa place, je serais aussi fâchée.

Je vais parler à Mom, je crois. C'est injuste qu'elle le compare à moi.

Ça fait du mal à Fred et ça me fait du mal aussi.

(...)

Je viens de discuter avec mon grand frère.

Il s'entraînait dans sa chambre.

– Je peux te parler ?

– J'ai rien à te dire, il a dit.

– Moi, si.

– Dégage.

– Ce n'est pas de ma faute. Pourquoi t'es fâché contre moi ?

– Parce que t'es la petite parfaite et moi, toujours le gros imbécile.

Ouf. Ça fesse.

Dire que je me plains qu'il a plus de privilèges que moi !

– Je suis un *loser*, il a continué. Rien de ce que je fais fonctionne. Et quand ça marche, c'est un hasard.

– C'est pas vrai, t'es pas un *loser*. T'es juste différent de moi. On n'a pas les mêmes goûts.

C'est à se moment qu'il a posé le visage dans ses mains. Il pleurait ! Mon frère !

Je me suis rapprochée et j'ai mis ma main dans son dos.

– Faut juste que tu trouves ce que tu aimes. Une fois que tu sauras ce que c'est, tu vas devenir bon. T'as un don, c'est sûr.

– Le don d'être un bon à rien, il a marmonné.

– Arrête de dire ça. C'est faux.

– J'ai 16 ans et je n'ai aucune idée de ce que je veux faire dans la vie. Rien ne me passionne. Rien. Maman a raison. Je suis un échec.

Je n'ai pas répliqué. J'ai senti qu'il avait besoin de parler.

– Tu crois que les parents sont fiers de moi ? Ils ont honte.

– T'es trop dur avec toi.

– Pas assez, selon eux.

Fred n'est pas un robot. Je viens de m'apercevoir que même s'il n'en montre rien, ça l'affecte quand on le ridiculise ou qu'on le rabroue.

C'est troublant de le voir dans cet état. Je découvre tout à coup qu'il a des sentiments.

(…)

J'ai annulé ce soir pour Nath. Je vais aller au cinéma avec Fred. Il y a un film débile de zombies contre des ninjas, ça va lui faire plaisir.

Et à moi aussi.

Publié le **22** novembre à **22** h **42** par Nam
Humeur : Satisfaite

> ### C'était effectivement très mauvais

Oh oui, j'ai des pouvoirs de devin : j'avais pressenti que le film visionné avec Fred serait médiocre.

En fait, il n'y a pas de mot pour décrire ce à quoi on a assisté.

Le résumé ? *Ninjas contre zombies* raconte l'histoire de, euh, des ninjas qui combattent des, euh, zombies.

Il y a même une histoire d'amour impossible, comme on les aime, nous, les filles. Une zombie veut marier un ninja, mais elle a peur que pendant la nuit de noces, parce qu'elle est dans une position vulnérable, il ne lui dévore le cerveau.

Que de suspense ! Que d'émotions ! Que de mauvais effets spéciaux !

Quand j'ai acheté les billets au guichet automatique, il m'a semblé entendre la machine rire de nous.

Le mec qui a déchiré nos billets n'en revenait juste pas. Tout de suite après, il nous a photographiés pendant qu'on entrait dans la salle. Puis il a texté tous ses amis pour leur raconter la scène à laquelle il venait d'assister : deux zigotos sur le point de regarder *Ninjas contre zombies*.

Fred et moi, on était seuls dans la salle de cinéma.

J'aurais dû me méfier de la qualité du film pendant le générique du début, car j'ai vu les morceaux de pop-corn jaillir du sac qu'on avait acheté et s'enfuir vers la sortie en criant : « Zoukini ! »

Au bout de cinq minutes, quand un ninja a lancé ses étoiles sur un zombie et que sa tête a inexplicablement explosé en faisant un bruit de cornemuse, je me suis dit : O.K., je vais tripper fort ce soir.

Fred s'est endormi, mais moi, j'ai tout regardé.

Ça m'a donné une idée pour le journal : je vais faire des critiques de films extra mauvais. Et leur accorder des poissons morts.

Cinq poissons morts, ça signifie que c'est le summum du pitoyable. L'histoire est incompréhensible, les acteurs sont mauvais, les décors inappropriés, les effets spéciaux complètement ratés et on a droit à une fin ouverte où on laisse entendre clairement qu'il y aura une suite.

Trois, c'est passable. Il y a des moments *weird*, mais de grands bouts où ça se prend pas trop au sérieux.

Un poisson mort, c'est un film qui a une intrigue solide et un degré de frayeur élevé. Bien sûr, ces films ne m'intéressent pas du tout. Ces films ne m'intéressent pas du tout car ils sont trop bien faits. 😳

Parce que les films vraiment mauvais, les films psycho-troniques, c'est aussi rare que les chefs d'œuvres.

Il faut les célébrer !

(…)

Mom était surprise qu'on sorte ensemble, Fred et moi.

Grand-Papi est venu nous reconduire, comme d'hab. Il est adorable. Il ne dit jamais non.

Dans le fond, c'est comme si j'avais un conducteur privé avec limousine (bon, son auto, toute petite, ressemble plus à une boîte de kleenex avec des roues qu'à une limousine, mais elle roule et elle fait pouet ! pouet ! quand il le faut, c'est l'essentiel).

Je suis chanceuse. Et encore plus de le réaliser !

(...)

J'ai aimé passer du temps seul avec Fred. C'était la première fois que ça arrivait.

On a ri pas mal.

Je pense que le problème de mon frère est qu'il se cherche. Il ne sait pas qui il est. Il ne se connaît pas.

C'est *biz*, je sais.

Moi, j'ai la chance d'avoir une passion : la Réglisse rouge. Et l'écriture.

Je vais faire un métier qui a rapport à ça. Peut-être journaliste ? Peut-être rédactrice publicitaire ? Peut-être écrivaine (ouiii !) ?

Mais Fred, il n'a pas de talent particulier. Il a fallu que je lui explique que se mettre dans le pétrin et faire des pets interminables avec ses dessous de bras ne sont pas des talents. ☺

– Je suis bon dans les jeux vidéo, il m'a dit pendant qu'on attendait le début de la projection.

– Tout le monde qui pratique est bon. Et tu deviens obsédé.

Une pause. Puis je lui ai demandé :

– Tu penses que devenir lutteur, c'est ton avenir ?

– Je ne sais pas. Toi, tu le sais ? Tu peux prédire ce qui va se passer dans le futur ?

– Non.

La lutte, au moins, ça le met en forme. Et il va porter un déguisement, donc personne va le reconnaître. 😄

J'y ai pensé et je vais être moins dure avec lui, à l'avenir.

Il donne l'impression qu'il a une carapace, mais dans le fond, chaque fois qu'on lui dit quelque chose, il absorbe.

Et il a mal en silence.

Je l'aime, mon frère.

(...)

Il est *full* tard. Dodo !

> ### **Et une autre de faite !**

Eh oui, une autre journée de passée. Si je meurs à 80 ans, il m'en reste 23 460.

Je n'aurai jamais le temps de tout faire !

(...)

À sept heures ce matin, j'ai reçu un texto de mon Matou d'amooour.

Une chance qu'il me l'a envoyé, parce que je dormais encore, *because* j'ai frappé le bouton *snooze* de mon réveille-matin à plusieurs reprises avec un marteau-piqueur.

Matou : « Bonjour Namou ! Après l'école, chez moi ? Je t'aime. »

Namou : « Bonjour Matou ! OK pour après l'école. Je t'aime. »

Ça réveille bien, même si j'étais affreusement en retard.

J'ai failli rater l'autobus. Gaston m'a vue courir comme si j'avais le feu aux cheveux, il m'a attendue.

Merci, Gaston ! Et salue ta moustache de ma part !

Kim était de bonne humeur. Elle a fait une déclaration d'amour à Nath hier et Nath l'a bien reçue.

Elle avait très peur que Nath soit amoureuse du mec qui l'a frappée en auto.

Nath lui a dit que c'était juste un ami. Et qu'elle préfère les femmes.

Kim n'a pas pu s'empêcher de lui parler des lettres de suicide que sa sœur avait retrouvées.

Nath ne s'est pas faufilée (de toute façon, dans l'état où elle est, elle n'aurait nulle part où aller). Elle lui a avoué qu'avant l'accident, elle avait un plan. Et qu'elle avait rédigé des lettres qui lui faisaient du bien.

Elle souffrait tellement que c'était une manière pour elle de relâcher la pression.

Chaque moquerie sur son surpoids lui faisait l'effet d'un coup de couteau dans le ventre. Elle avait si mal moralement qu'elle avait du mal à respirer.

Est-ce qu'elle serait bientôt passée à l'acte s'il n'y avait pas eu l'accident ? Nath n'a pas voulu répondre.

Ça donne froid dans le dos !

Elle voit un psychiatre à l'hôpital. Et elle a commencé à prendre des médicaments qui vont l'aider à abandonner ses idées suicidaires.

Moi, c'est sûr, je ne vais plus jamais laisser personne la taquiner. S'il y en a une qui tente d'ouvrir la bouche, je vais la mordre !

Elle a dit oui pour les photos et l'article dans le journal. Mais pas tout de suite. Elle veut attendre le jour où elle pourra se laver les cheveux. Elle a des points de suture sur la tête et elle ne peut pas les mouiller.

Ce matin, dans l'autobus, Kim et moi avons eu une idée : lui offrir une carte de prompt rétablissement.

Une carte énorme signée par plein de profs, par le directeur et des élèves qui la connaissent.

Même la Réglisse noire de Jimmy.

Je me suis mis ça dans la tête : je veux qu'il lui écrive qu'il est désolé. Qu'il reconnaisse que c'est sa faute si Nath est dépressive.

Kim dit que je suis folle. C'est inutile, je le sais déjà !

Elle est allée acheter la carte après l'école. On la fera circuler demain.

(…)

J'ai parlé avec Monsieur Patrick. Il y aura une édition spéciale de *L'Écho des élèves desperados* avant le premier numéro officiel.

Nous allons présenter le journal, expliquer sa mission et chaque collaborateur écrira une présentation.

Monsieur Patrick fera le montage en fin de semaine prochaine et il sera disponible en ligne dès lundi matin.

Ça va vite !

Faut que j'écrive un premier éditorial.

En fait, j'y ai pensé. Finalement, ce sera celui que j'ai fait sur le harcèlement et sur Nath.

Je vais le retravailler un peu, il y a des parties à améliorer.

Ce soir, je transmettrai des courriels à tous les collaborateurs. Ils auront 48 heures pour se décrire en 200 mots.

S'ils sont en retard, je leur piquerai les fesses avec mon trident. 😊

(...)

La pétition demandant d'interdire l'avortement de Caro continue de circuler. Avec maintenant une cinquantaine de signatures.

Je ne pensais jamais qu'il y en aurait autant.

Ce n'est pas énorme, même pas 5 % des élèves. Mais quand même.

Et là, il paraît que le père du bébé s'est manifesté. Lui veut garder le bébé.

Misère. L'histoire se complique.

Tout cela parce que Caro a crié sur les toits qu'elle était enceinte.

Parler, c'est bien. Mais quand on parle trop, on court parfois à la catastrophe.

(…)

Michaël continue de me faire des misères.

C'est dur à croire de la part d'un gars pour qui, il y a un peu plus d'une semaine, j'étais la femme de sa vie.

Là, il me traite comme si j'étais un rat en train de propager la peste.

Il est passé de l'amour à la haine.

Je comprends que je n'ai pas été super gentille avec lui, mais il devra maintenant abandonner son manège.

Le moins pire de ce qu'il colporte, c'est que ma vraie place n'est pas à l'école, mais sur le coin d'une rue à attendre des clients.

Je ne réécris pas ici le pire parce que c'est vraiment trop méchant. Et que ça me fait mal quand j'y pense. 😖

Je fais quoi ? Comme avec le *troll*, je me tais ? Je ne peux juste pas.

J'ai croisé un de ses amis qui m'a demandé combien je coûtais !

Je lui ai répondu qu'il n'aurait jamais assez d'argent pour passer ne serait-ce qu'une seule minute avec moi.

Il n'a pas su quoi répliquer, le crétin.

Mais il m'a fait mal.

Parce que quelques minutes plus tard, j'ai croisé un autre ami de Michaël qui m'a fait la même blague douteuse.

Mathieu dit qu'il va s'en occuper, mais je préfère m'en charger toute seule.

Sauf que je ne sais pas quoi faire.

Aller voir le directeur ?

Ouais. Je pense que c'est la chose à faire.

(…)

Je voulais parler de ma fin d'après-midi complètement délirante (et mouillée !) chez Matou, mais Fred a besoin de l'ordi.

★ ★

DES INDÉSIRABLES ?

Vous êtes aux prises avec une infestation de rats,
de souris, de blattes ou d'araignées qui jouent de
la harpe avec leur toile dans votre bouche pendant
que vous dormez ? Nous récupérons la nourriture
de la plus grande chaine de restauration rapide
du monde et la refilons à vos bestioles.
Elles meurent quelques heures plus tard dans
d'atroces souffrances et explosent. Nourriture
faite avec 100 % de matières recyclées.

www.selgrassucre.com

★ ★

> ### > L'appât

Wow ! J'ai déjà reçu trois textes de collaborateurs, dont celui de Valentine.

C'est vrai qu'elle écrit bien.

Elle a décidé de se présenter comme si c'était son chat qui écrivait à sa place. Genre, il dit que sa maîtresse est gentille, mais passablement étrange. Par exemple, « pour se laver, elle ne se lèche pas les poils, mais se laisse arroser par un nuage qui crache de l'eau dans une cabine et ce, après avoir retiré sa fourrure (ses vêtements). Aussi, elle ne fait pas ses besoins dans une litière, mais dans une cuvette sur laquelle elle s'assoit et qui aspire le tout dans un bruit infernal. Elle n'aiguise pas ses griffes sur le meuble le plus luxueux du salon, mais utilise plutôt un instrument en métal (coupe-ongles) pour les couper. Et elle ne dort que neuf heures par jour. » Neuf heures ! Le chat, lui, a besoin de 20 heures ou plus, sinon il n'est pas du monde.

C'est une bonne idée. On n'apprend rien de particulier sur elle, mais ça a au moins le mérite de sortir des sentiers battus.

Une autre fille a écrit un truc pas mal moins rigolo : « Je m'appelle Franceska, j'ai 15 ans et avant de me coucher, je retire mes boucles d'oreilles et je les renifle avant de les remettre dans leur boîte. »

Ewww. ☹

Fais-le, mais ne t'en vante pas !

(…)

Après l'école, je suis allée chez Mathieu.

Je ne l'ai pas dit à Mom, méchante fille que je suis. J'ai plutôt parlé d'une réunion pour le journal étudiant.

C'était presque ça, dans le fond : j'ai rencontré un des photographes. Qui, par hasard, est mon *chum*.

Il voulait me montrer son nouvel appareil photo numérique.

Une méchante machine !

Pas méchante dans le sens qu'elle m'a insultée ou mordue, mais dans le sens que c'est un truc de professionnel. Avec plein de fonctions et une qualité d'image remarquable. Il a aussi des objectifs qui lui font prendre des clichés précis.

Comment il a pu se payer ça ? ! 😳

Il a *full* argent, mais je ne sais pas où il le prend. Si son travail de sauveteur était si payant, on ferait la file pour le devenir.

A-t-il hérité d'une somme d'argent ? A-t-il gagné à la loto ? Peut-être qu'un matin, il a rencontré un farfadet tenant un chaudron rempli de pièces d'or, que Mathieu a chassé en faisant « Shhh ! Shhh ! » pour lui voler ses pièces ? Et quand le farfadet s'est défendu, il l'a emprisonné dans un pot géant de beurre d'arachide ? Que son frère a étendu sur ses rôties un matin ?

(Tut, tut, tut, Namasté, tu vas trop loin. Recentre-toi sur l'essentiel.)

L'appartement dans lequel il habite avec son frère et sa mère ne reflète pas sa situation financière.

J'ai constaté qu'il avait ramassé (un peu) sa chambre, « pour te faire plaisir », il m'a dit. (En réalité, il a loué une pelle mécanique et il a enfoui tous ses vêtements dans sa garde-robe.)

Je ne suis pas une maniaque du ménage, mais passer l'aspirateur une fois par année bissextile, ce n'est pas exagéré. Il y a tellement de moutons de poussière sur le plancher de la chambre de Mathieu qu'il lui faudrait un chien de berger pour mettre de l'ordre là-dedans. Il devrait songer à leur construire un abri, car si une meute de loups entre dans sa chambre, ce sera un carnage. Ce serait dommage, parce qu'avec tous ces moutons, il pourrait les tondre et se tricoter une belle écharpe.

Donc, pourquoi j'étais chez Matou ? Pour fabriquer un appât. Comme un ver de terre qu'on plante sur un hameçon. (Pauvre p'tit ver de terre !).

Notre poisson, c'est le *troll*. Avec la méthode dont Matou m'a parlé, il pense pouvoir le harponner.

– T'as une idée ?

– Ouais. Je veux te prendre en photo dans une situation compromettante.

– Compromettante ? Je ne suis pas sûre de comprendre. En fait, je ne suis pas sûre de vouloir comprendre.

- Eh bien, si je dis au *troll* que j'ai des images de toi qui pourraient vraiment faire mal à ta réputation, il va mordre.

- Quel genre d'images ?

- Je ne sais pas. Des trucs sexy.

Je me suis raidie.

- Jamais de la vie !

Mathieu s'est esclaffé.

- J'te niaise.

- T'étais mieux. Avant que je pose pour des photos sexy, la lune va avoir des dents.

Je sais, ce n'est pas la bonne expression, je voulais juste lui faire comprendre que ce serait jamais. J'ai entendu trop d'histoires qui se sont mal terminées.

Avant, mettons dans les années 60, une fille se faisait prendre en photo en tenue osée et ça restait dans un tiroir de bureau. Puis, trente ans plus tard, son petit-fils tombait dessus par hasard et la reconnaissait. Horrifié, il se mettait à saigner du nez sans pouvoir s'arrêter et se lavait les yeux à l'eau de Javel pour essayer d'effacer cette image de sa mémoire.

Aujourd'hui, la photo (ou la vidéo) peut se retrouver sur le Net quelques instants après et être reproduite des milliers de fois en quelques minutes. Alors c'est la cata. Et la réputation de la personne est anéantie.

- T'aurais pas une idée ? Matou m'a demandé. Il faut qu'on trouve quelque chose d'assez gênant. Je vais juste lui envoyer un échantillon. Pour le reste, faudra qu'il me rencontre.

Quelque chose d'assez gênant... Facile à dire.

– Et si je te prenais en photo pendant que tu te rases ?

– Me raser ? Genre les jambes ?

– Non. Te raser le visage. Comme si t'étais en vérité la femme à barbe.

– C'est pas compromettant, c'est juste supra *weird* ! Le *troll* va se dire « *WTF* ! ? » en voyant la photo et il ne voudra plus jamais avoir de contact avec toi.

– Ouain...

On a passé quelques instants à réfléchir. Puis Matou s'est exclamé :

– Je l'ai !

– Vas-y, même si j'ai un peu peur.

– O.K. Mettons que je te prends en photo pendant que tu te ronges les ongles des orteils. Genre t'es pliée en deux et t'essaies d'arracher un morceau, et t'as la face toute rouge parce que tu fais un super gros effort et t'es sur le point d'exploser.

– Mathieu, franchement.

– Aide-moi !

– Hum... Laisse-moi réfléchir.

J'ai cherché quelque chose de compromettant, oui, mais pas trop humiliant.

Puis j'ai eu un flash de génie (parce que j'en suis un, tsé).

On n'a pas pu faire la séance photo parce qu'on n'avait pas les accessoires (des olives noires, une torche au butane et de la poudre pour bébé).

On va se reprendre demain, après l'école.

(...)

Avant de partir, pendant une demi-heure, Matou m'a fait un massage des pieds. Et des mollets. J'aurais bien aimé qu'il aille plus haut, mais il s'est gardé une petite gêne. Malheureusement.

Et on s'est embrassés sur son lit. Il a mis sa main sous mon chandail et a touché à mon ventre. Ouf ! C'était tellement bon ! Il me chavire complètement, ce gars. Il m'envoie dans une autre dimension. 🐣

Ses mains sont magiques. Chaudes, douces et fortes.

Je vais mourir !

Et là, j'ai toutes les lèvres usées. Je les soigne avec ça d'épais de *gloss* pour les aider à guérir.

(…)

Avant de dormir, un conseil pour jeune fille sage : « La simplicité met en garde la jeune fille contre un défaut très commun et dangereux : la curiosité. Cette dernière se nourrit de l'imagination, de conversations, de lectures frivoles et d'images troublantes qui exposent fatalement à des tentations terribles. »

Commentaire de la jeune fille pas sage : Ça paraît qu'internet n'existait pas dans ce temps-là. Des « images troublantes », il n'y a que ça ! Il y a quelques instants, j'ai vu un requin tirer de la mitraillette. Dire qu'on dit aujourd'hui que la curiosité est un signe d'intelligence...

Degré de *NAAAWAAAK* ! : 7

C'est faux !

Namxox

Publié le 24 novembre à 11 h 54 par Nam
Humeur : Courroucée

> Il ne veut rien savoir

Je suis vraiment fâchée.

Kim est allée acheter une carte de prompt rétablissement pour l'offrir à Nath. Super grosse pour que le plus de personnes possible la signent.

Tel que prévu, je suis allée voir Jimmy avec.

(Je sais, je ne suis pas gênée, mais de savoir que Jimmy lui veut maintenant du bien après le cauchemar qu'il lui a fait subir, ça pourrait mettre une grosse couche de baume sur le bobo psychologique de Nath.)

Jimmy ne veut rien savoir. RIEN.

Réglisse noire !

Il dit qu'il ne sait même pas de qui je parle. Menteur !

Mathieu est venu avec moi. Il a essayé de parler à son cousin, mais il ne veut rien entendre. RIEN.

– La seule chose que je peux faire avec ta carte, il a dit, c'est de cracher dedans.

Et là, tous ses amis têtards gluants ont commencé à rire.

Je lui ai lancé :

– Tu sais qu'elle a failli se suicider à cause de toi ?

Je pensais que ça allait le secouer, mais pas du tout.

– Avoir su, j'en aurais mis plus.

Je me suis tournée vers Mathieu. Il avait les poings et les dents serrés.

– T'es vraiment con, il a dit à son cousin.

– Je me demande qui l'est le plus entre toi et moi. Tsé, tu sors avec cette chose-là qui couche avec tout ce qui bouge.

Ça m'a pris une seconde pour réaliser que « cette chose-là qui couche avec tout ce qui bouge », c'était moi.

Coucher ! Je n'ai jamais couché avec personne ! C'est tellement faux !

Les rumeurs que Michaël a propagées à mon sujet ont fait leur chemin jusqu'aux oreilles du maître des Réglisses noires.

Mathieu a fait un pas en direction de son cousin, prêt à lui donner une correction, mais je me suis interposée.

– Laisse faire, on s'en va.

Jimmy et ses amis ont continué à se foutre de notre gueule jusqu'à ce qu'on disparaisse de leur champ de vision.

Argh ! Je le déteste tellement, ce crétin.

Je vais aller dire deux mots à Michaël. Ou trois. Ou quatre.

Publié le 24 novembre à 14 h 23 par Nam
Humeur : Paniquée

> ## Je suis tellement dans la *schnoute*

Je suis supposée être en cours, mais je passe la période dans la bibliothèque.

Ordre de Monsieur M.

J'ai fait une gaffe. Une GROSSE gaffe.

Je suis morte. Dès que Mom va l'apprendre, elle va me confisquer mon cell jusqu'à mon 65e anniversaire de naissance.

Sans compter que je vais être suspendue. Peut-être même qu'on va me retirer mon poste de rédactrice en chef. Et m'attacher à ma chaise durant les cours.

Qu'est-ce qui m'a pris ? Je ne suis pas violente. Pourtant, j'ai utilisé la pire manière de régler un problème.

Je suis sûre que des fils se sont touchés dans ma tête.

Je ne suis pas du genre à tout garder en dedans de moi. Il faut que ça sorte.

Et ça a sorti tout croche : j'ai frappé Michaël !

Pas un petit peu. Beaucoup ! Genre trois coups.

Assez pour le mettre à genoux et lui fendre une lèvre.

Ça s'est passé avant le premier cours d'après-midi. J'étais avec Mathieu. J'ai vu Michaël au bout du corridor avec quelques-uns de ses amis têtards gluants.

J'étais complètement furax après que Jimmy m'a dit que je couchais avec tout le monde.

Je crois qu'il n'y a pas pire insulte.

Un gars qui a plein de blondes, c'est un *player*, un gars qui pogne, un charmeur.

Mais quand ça arrive à une fille, c'est une fille facile, une salope et une prostituée.

Je ne le prends pas. Parce que je ne suis pas comme ça.

– Je reviens, j'ai dit à Mathieu.

Il a vu où je me dirigeais. Il m'a retenue.

– C'est pas une bonne idée, Nam. Tu vas t'emporter.

J'ai retiré mon bras de son emprise.

– Et alors ? J'en ai plein le dos.

Je n'ai pas dit « dos », mais un mot de trois lettres pas mal plus vulgaire et qui se situe un peu plus bas que le dos.

Mathieu ne m'avait jamais vue comme ça. Moi non plus, d'ailleurs. Rien n'aurait pu m'arrêter. Si on m'avait attaché les pieds et les mains avec des chaînes, je les aurais cassées avec mes dents et les aurais fait avaler à la première personne que j'aurais croisée, pauvre victime innocente de ma fureur.

Arrivée à côté de Michaël, je l'ai pointé avec mon index.

– Je te jure, si tu racontes un autre mensonge sur moi, je vais t'étriper.

Avec un regard chargé de mépris, il m'a répondu :

– Encore menstruée, Namasté ?

Ah ! Il a osé !

– C'est pas de tes affaires. T'as compris ce que je viens de te dire ?

– Compris quoi ? Tu ne veux plus que les gens sachent que t'es une pute ?

Ses amis se sont mis à rire.

C'est au mot « PUTE » qu'il y a eu un court-circuit dans ma tête.

J'ai vu rouge. Mauve. Jaune. Bleu. Orange. Et fuchsia.

Mon cerveau est entré en ébullition.

Tous mes muscles se sont imbibés du jus de la colère.

Ça s'est passé au ralenti.

Comme un ressort qu'on a empêché de se distendre depuis trop longtemps, ma jambe s'est allongée. Et mon pied a écrasé ses *schnoudoulles* qui sont remontées jusqu'à ses lobes d'oreilles.

Michaël a plié les genoux. J'ai pris un autre élan et je lui ai donné un autre coup. Cette fois, avec mon poing, sur ses dents (j'ai encore une marque sur ma jointure).

Et une fois par terre, je lui ai donné un dernier coup de pied dans le ventre.

J'étais aussi surprise par mon agression que lui et ses amis. On avait tous un visage de profonde stupéfaction.

Ses amis ont reculé. Comme s'ils avaient peur que je bondisse sur eux.

Puis j'ai entendu un éclat de rire qui m'a fait sortir de ma paralysie.

C'était Mathieu. Il riait de la situation.

La cloche a sonné. Le cours commençait dans deux minutes.

Mon *chum* m'a tirée de là.

– *Oh my God* ! T'as vu ce que tu lui as fait ? C'est tellement génial !

J'étais sans mot. Je ne pouvais pas détacher mon regard de Michaël.

Comme si ce n'était pas moi qui l'avais mis K.-O. tout en comprenant que c'était effectivement moi.

Monsieur M. vient d'entrer dans la biblio. Je suis faite comme un rat. 😖

* *
FEMMES, DÉFENDEZ-VOUS !

Vous craignez sans cesse d'être agressée ? Votre entourage vous croit paranoïaque, mais vous savez que vous avez raison ? Armez-vous alors de notre bâton électrifié Shockwake 3001. Il génère des chocs de plus de 200 000 volts et paralyse votre ennemi sur-le-champ tout en lui faisant perdre tous ses ongles. Veuillez noter qu'il n'est pas recommandé de l'utiliser avec des enfants ou des perruches.

www.lechocdesavie.com

* *

> ### Pas dans la *schnoute*, finalement

Je me suis peut-être énervée pour rien. (Première fois que ça m'arrive, je le jure !)

Monsieur M. est allé voir Michaël et il lui a demandé s'il voulait porter plainte contre moi.

Michaël lui a répondu qu'il ne savait pas de quoi il parlait. Deuh ?

Quand Monsieur M. lui a mentionné sa lèvre fendue, Michaël a affirmé que c'était un accident avec un de ses amis. Il jouait et il l'a frappé sans le vouloir.

Et au sujet de sa voix très aiguë en raison du voyage en navette spatiale que j'ai fait faire à ses testicules... D'accord, d'accord, il n'a pas été question de voix aiguë.

Ça signifie que je ne vais avoir aucune sanction parce que Michaël ne veut pas porter plainte.

Je m'en sors bien cette fois. Très bien, même.

Monsieur M. pense que Michaël a été humilié et que c'est pour cette raison qu'il ne dit rien. Une fille qui lui donne une leçon devant ses amis et une tonne d'élèves, ça égratigne un orgueil de mâle.

Quand j'ai mis le pied dans ma classe, quelques minutes après l'avoir presque battu à mort, une vague de culpabilité m'a envahie.

Auparavant, le seul truc que j'avais battu avec énergie était des œufs.

Et à l'occasion mon frère, mais je me faisais mal en le frappant. Et lui, il croyait que je le chatouillais.

Je suis tellement un danger public.

Quand j'ai vu Monsieur M., j'étais étouffée par les remords. Je lui ai tout raconté. J'en ai même peut-être un peu rajouté, je ne me rappelle plus trop, genre, le crâne de Michaël était défoncé, un de ses yeux sortait de son orbite et j'avais un morceau d'oreille dans mon étui à crayons.

C'est là qu'il m'a envoyée à la biblio, le temps d'aller ausculter le pauvre martyrisé.

Il est revenu pour me dire que j'étais libre parce que mon ex ignorait de quelle agression il s'agissait.

Je ne sais pas si j'ai le droit d'avouer ça (personne ne me lit, on s'en fout), mais battre Michaël m'a fait du bien.

Genre, d'aplomb.

Je n'ai plus de rage en moi. Je me sens comme si on venait de m'enlever une éléphante enceinte de triplets sur les épaules.

Mais qu'est-ce qui m'arrive ?

Je glisse du côté obscur de l'ordre des Réglisses.

Je devrais avoir honte. Me fouetter le dos avec les cordons de mon store vertical. Ou avec mes écouteurs. Et m'infliger la torture de la gomme à effacer : en faire entrer de force des toutes neuves dans mes narines.

J'ai découvert un secret bien gardé : la violence est LA solution. Je me casse un ongle ? PAF ! Il n'y a plus d'eau chaude pour prendre ma douche ? PAF ! Plus de lait dans le pichet ? PAF !

On va m'appeler Namasté la Brute. Namasté la Barbare. Namasté la Brindezingue (merci dictionnaire des synonymes).

Faudrait cependant juste que je sois la seule à avoir le droit de frapper. Sinon, ouch ! Je ne ferais pas long feu.

Je niaiiise.

Je suis parfaitement au courant que la violence, c'est mal.

Mal, mal, mal !

Une chose est sûre, je ne le dis pas aux parents.

(…)

Je devais aller chez Matou après l'école, pour préparer notre appât en vue de piéger le *troll* (un peu débile, j'avoue), mais il fallait qu'il aille au centre d'achats.

De toute façon, je n'avais pas la tête à ça.

(…)

Trois collaborateurs du journal sont venus me voir et m'ont dit ne pas savoir quoi écrire pour se présenter.

Je leur ai donné chacun une baffe et un coup de pied dans le derrière (violence !) et je leur ai dit de se mettre au boulot et d'arrêter de se plaindre. 😈

Sans blague, je leur ai suggéré des pistes. Je leur ai demandé d'être originaux et de surprendre.

J'ai fait mon travail de rédactrice en chef, finalement.

Aussi, Monsieur Patrick est d'accord pour que je parle de Nath et de harcèlement dans mon édito. Mais il aimerait, la prochaine fois, que je me mette plus « en danger ».

– Me mettre en danger genre traverser à la nage une rivière pleine d'alligators affamés avec des morceaux de steak collés sur moi ?

Eh oui, je suis la personne qui a posé cette question brillante. Sa réponse :

– Encore plus dangereux. Faut que tu prennes position sur un sujet qui ne fait pas l'unanimité avec des arguments bétons. Le harcèlement, c'est bien, mais ça ne fait pas parler. On doit lire ton texte et se dire : « Wow, elle a le courage de ses convictions, cette fille. » Il faut que ça suscite les discussions. Que les élèves se disent : « T'as lu l'édito de Namasté ? Qu'en penses-tu ? »

Très bien, j'ai compris. Je vais écrire sur la couche d'ozone, les bouteilles d'eau en plastique ou les araignées qui ont des derrières énormes (et indécents, un peu de classe, les filles !).

Je vais y penser. C'est l'heure de manger.

> **Relaxe-toi, *troll* !**

Tout à l'heure, le *troll* m'a envoyé des courriels (une dizaine), des textos (une dizaine aussi) et il m'a même appelée cinq fois d'un « numéro inconnu ».

J'ai éteint mon cell.

J'ai parlé à Mom et je vais changer de numéro en fin de semaine. Et encore une fois, me trouver une autre adresse courriel. 😔

Pourvu que la tactique de Matou fonctionne parce que ça devient agressant.

(...)

Fred s'est fait retirer son plâtre. Mais il doit encore marcher avec les béquilles, ses os sont toujours fragiles.

Faudra aussi qu'il fasse de la physio pour renforcer ses muscles et qu'il reste tranquille.

Donc pas de saut du toit de la maison.

Encore moins de la lutte.

Déjà, Mom l'a surpris à marcher sans béquilles. Elle n'était pas contente.

Ah oui ! Il veut se trouver un emploi.

Et suivre des cours de conduite pour avoir son permis.

Son moral va mieux et j'en suis très heureuse.

(…)

L'histoire de Caro et du bébé qu'elle a dans son ventre devient de plus en plus étrange.

Ce n'est pas seulement un gars qui prétend être le père, mais trois ! 🙂

Méchant party ! Je ne veux même pas imaginer comment c'est possible.

Les trois ont signé la pétition. Mais sur ces trois noms, il y en a un que Caro ne connaît même pas.

What the hell ! ? 😲

Caro a finalement décidé de se faire avorter. Elle l'a annoncé à Kim ce midi.

Ça n'a pas de sens d'avoir un bébé dans ces circonstances. Elle n'a pas d'argent. Elle est encore aux études et elle n'a aucun métier. Et elle est vraiment trop jeune.

Je pense qu'elle fait le bon choix. Mais bon, ce n'est pas moi qui suis enceinte. C'est plus facile à dire qu'à faire.

Kim lui a gentiment fait comprendre qu'elle devait garder sa décision pour elle. C'est son choix et c'est de ses affaires. Pas celles de toute l'école.

Et la prochaine fois, un condom, peut-être ? Ça pourrait lui éviter pas mal de problèmes.

(…)

Ça me fait penser, j'ai une idée pour un éditorial qui va décoiffer.

Je veux que Monsieur Patrick le lise et me dise : « Namasté, t'es mon idole. »

Restons réaliste : « Namasté, t'es une vraie folle » est plus probable. 😊

Allez, ce soir, je me couche tôt.

C'est un monstre!

Namxox

Publié le 25 novembre à 19 h 02 par Nam
Humeur : Irritée

> **Les délateurs**

Mom me tape sur les nerfs. Plus encore, elle frappe avec un marteau dessus.

Pendant le souper, Fred et Tintin ont parlé de la rumeur à l'école qui circulait à mon sujet.

Selon Fred et Tintin, avant la sonnerie qui a annoncé le premier cours, la rumeur racontait ceci :

– Namasté, la fille de secondaire 2 qui a déjà apporté un rat à l'école (un RENARDEAU !) s'est battue avec un gars devant tout le monde.

Après le deuxième cours :

– Namasté, la fille de secondaire 2 qui a déjà apporté un rat géant à l'école (un RENARDEAU !) s'est battue avec son ex et elle l'a mis K.-O. devant tout le monde.

Avant le dîner :

– Namasté, la fille de secondaire 2 qui a déjà apporté un écureuil enragé à l'école (un RENARDEAU !) a battu son ex avec un cadenas et une fois sur le sol, elle lui a lancé une chaise sur le dos devant tout le monde et a vidé le contenu d'un extincteur dans sa bouche.

Après le dîner :

– Namasté, la fille de secondaire 2 qui a déjà apporté un écureuil volant enragé à l'école (un RENARDEAU !)

a failli tuer son ex en le poignardant avec un couteau en plastique et en tentant de l'asphyxier avec un bonnet de douche devant tout le monde.

Après l'école :

– Namasté, la fille de secondaire 2 qui a déjà apporté à l'école un furet sanguinaire (un RENARDEAU !) a tué son ex en lui glissant une bombe atomique dans le nombril pendant qu'elle le décapitait avec une cuillère devant tout le monde. Ensuite, elle a recouvert son propre corps du sang de son ex, persuadée que ça la rendrait invisible. Et, victorieuse, elle a hurlé « ZOUKINI ! » en se tapant la poitrine avec ses poings.

Vive l'école secondaire.

Je me suis fait niaiser toute la journée avec cette histoire. Les gars dans ma classe m'ont taquinée, mais ils se tenaient loin.

Je n'ai pas croisé Michaël, mais plusieurs de ses amis. Aucun ne m'a adressé la parole. Ils ont plutôt baissé le regard.

Que le grand cric me croque... Ils ont peur de moi !

À la table, j'ai rigolé. J'ai dit que c'était *nawak*, leur truc. Mais Mom les a crus. Après le souper, j'ai encore eu droit à une séance de morale.

– Tu as vraiment frappé le beau Michaël ?

Je mens ou pas ?

– Mais non. On a eu une altercation.

J'oublie tout le temps que Mom a un détecteur de mensonges. Au téléphone, j'y arrive, mais face à face, c'est impossible. Elle lit dans mon âme.

– Je veux la vérité, elle a dit.

– Je ne l'ai pas battu. Je l'ai... euh... secoué.

– Secoué comment ?

– Parce qu'il m'a traitée de pute. Et il raconte plein de mensonges à mon sujet.

– Je ne t'ai pas demandé de te justifier. Je veux savoir ce que tu lui as fait.

Je n'avais aucune manière de m'en sortir.

– Je lui ai donné un coup de pied là, là.

– C'est tout ?

– Et un coup de poing et peut-être un coup de pied dans le ventre.

Mom a penché la tête en se frottant le front. C'était mauvais signe.

Je ne me trompais pas.

– Il faut que tu quittes ce garçon.

Je n'ai pas compris de qui elle parlait.

– Quel garçon ?

– Mathieu. Tu dois le quitter. Il a une très mauvaise influence sur toi.

Ça m'a fait l'effet d'une bombe. J'ai donc explosé :

– QUOI ? ! C'est pas Mathieu le problème, c'est ton beau Michaël qui raconte à toutes les oreilles qu'il croise que je couche avec tout le monde.

Mom n'a pas voulu entendre ce que j'avais à lui dire.

– Michaël, c'était ton meilleur.

– Mon meilleur quoi ? De quoi tu parles ?

– Attention à ton ton. Reste polie.

Je me suis mordue la lèvre pour ne pas rétorquer.

– Depuis que tu es avec lui, elle a poursuivi, tu mens. Ton attitude est exécrable, tu te ramasses avec des bijoux qui valent une fortune et en plus, t'es devenue violente. Ne me dis pas que tu ne le réalises pas.

Heureusement qu'elle ne sait pas pour le centre d'achats et le non-vol.

Qu'est-ce qu'elle voulait que je lui réponde ? « Oui maman, t'as raison, je ne suis plus la même, j'appelle ce sacripant sur-le-champ pour mettre fin à ma relation malsaine avec lui » ?

J'ai essayé de garder un ton neutre.

– Je n'ai rien à réaliser. Quand Fred s'est battu à l'école, tu lui as fait des gros yeux et c'est tout. Moi, c'est la fin du monde ! C'est toujours pire quand je fais quelque chose.

– T'es une fille, Namasté. Les filles ne se battent pas.

– Non, elles préfèrent se *bitcher* entre elles et faire du harcèlement moral.

Mom s'est levée.

– Bon, je vois que tu ne veux pas discuter. Pense à ce que je t'ai dit. T'es belle et intelligente, il y a plein de gars plus convenables que lui.

Et elle est sortie.

Elle s'est enfuie !

Qu'est-ce qu'elle a contre Mathieu ? Elle ne le connaît même pas ! C'est un gars parfait pour moi. C'est pas comme s'il m'avait forcée à crever les pneus des voiturettes pour personnes âgées ou à écrire des graffitis haineux avec des larmes de bébés phoques sur le mur d'une garderie.

Elle décrit Mathieu comme un monstre.

Pourquoi elle met le nez dans mes amours ? Ça ne la regarde pas ! Je suis assez vieille pour les gérer.

Est-ce qu'il faut que j'attende son assentiment ou sortir avec qui *elle* veut ?

« Ah non, lui, il a le nez trop long, lui, il n'est pas assez bien pour toi, il se ronge les ongles. Oh, tiens, regarde celui-là, il n'est pas trop gros, il a une belle coupe de cheveux et en plus, quand on le lui demande, il donne la patte. »

Fred a besoin de l'ordi.

Et moi, j'ai besoin de prendre l'air.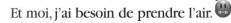

Publié le 25 novembre à 21 h 25 par Nam
Humeur : Pensive

> **Il est là pour moi**

J'arrive d'une longue marche. Je n'ai pas traversé le pays d'un océan à l'autre, mais presque. J'ai les pieds en compote.

Il fait froid dehors et ç'a été bon pour mes poumons et ma tête. Bien habillée, c'est agréable.

Il ne manquait que Matou pour m'accompagner et tout aurait été parfait.

J'ai quand même eu de la belle visite. 🙂

Je me suis arrêtée quelques minutes dans un parc. Je me suis assise sur une balançoire et, la tête penchée vers le sol, j'ai fermé les yeux.

Je pensais à ce que Mom venait de me dire et à quel point je serais malheureuse si je devais casser avec Mathieu.

Lorsque j'ai relevé la tête, devant moi, à deux mètres, il y avait un renard qui m'observait, assis, la queue lovée autour de lui. Mon renard ! 😮

Ça ne peut plus être un hasard. C'est bel et bien lui, même s'il a dû parcourir des dizaines de kilomètres pour me retrouver.

Et des renards, il n'y en a pas ici. Personne n'en a jamais vu, sauf moi.

Et il est hors de question de dire que je suis folle. C'est bel et bien mon renard que j'ai vu.

Qui est peut-être la réincarnation de Zac ? Je sais, c'est débile comme théorie, mais ça me fait du bien de penser qu'il veille sur moi.

Ça me rassure.

Je ne suis plus seule avec mes problèmes.

J'ai voulu le prendre en photo avec mon cellulaire, mais quand j'ai mis la main dans mon manteau, une auto est passée dans la rue, une auto qui a perdu son silencieux. Ça a fait tout un vacarme. Mon renard, les oreilles baissées, a pris la poudre d'escampette.

Les balançoires en forme d'animaux pour les tout-petits ont aussi déguerpi.

Pas grave, je vais me reprendre.

(...)

Est-ce que j'ai tant changé ? Il me semble que je suis la même.

Avec le temps, je ne vois plus certaines choses comme avant. Mais au point où je suis méconnaissable ? Nan.

Je pense que Mom capote parce qu'elle n'a plus autant de contrôle sur moi. Quand j'étais petite, elle savait tout ce qui se passait dans ma vie. Plus je vieillis, plus je deviens secrète. Il y a des choses qu'elle n'est pas obligée de savoir. Elle s'en rend compte et c'est ce qui la fait flipper.

Voilà, c'est réglé, ce n'est pas moi le problème, c'est ma mère !

Je dois avouer que mentir, ça, oui, je le fais.
De plus en plus souvent. Parce que je ne veux pas qu'on me pose des questions. Je veux qu'on me fiche la paix. Je ne veux plus avoir à me justifier.

Je sais que mentir, c'est mal. Je sais. Mais des fois, c'est nécessaire pour se faciliter la vie. Si personne ne sait qu'on a menti, qui ça dérange ? Personne.

Cet après-midi, après l'école, je suis allée chez Mathieu. Eh bien, j'ai dit à Mom que je restais à l'école pour le journal étudiant. Parce que je ne voulais pas qu'elle me demande ce que j'allais faire avec lui. Et si sa mère allait être à la maison et tout le reste. Des trucs qui ne la regardent pas.

Je ne me rappelle plus où j'ai lu ça (je lis trop !), mais un personnage racontait que le mensonge était le « lubrifiant des relations humaines ». Si personne ne mentait, ce serait le chaos.

Enfant, on nous apprend que mentir est mal et qu'il ne faut jamais le faire. En vieillissant, on se rend compte que c'est toujours mal, mais que des fois, c'est nécessaire. Même les adultes mentent !

Mettons que Kim a un super gros bouton sur le nez. Et qu'elle me demande si ça se voit. Je ne peux juste pas lui dire : « C'est terrible, il est si énorme qu'il va avoir droit à son code postal. » Pour la rassurer, je lui dis qu'on ne voit « presque rien ».

Si j'avais été parfaitement honnête avec elle, elle ne serait plus mon amie. Et je la comprendrais ! Moi aussi, des fois, je veux qu'elle me mente.

Je voudrais que ma mère se mêle de mes affaires juste quand je le décide. Par exemple, quand elle fait mon lavage. Ou qu'elle me prépare des lunchs. Ou me prête de l'argent. Ou quand je suis malade et qu'elle me soigne.

Quand elle est mon esclave, finalement !

(…)

J'ai eu une grosse semaine. Je vais aller me coucher. Je raconterai le reste demain, je suis morte.

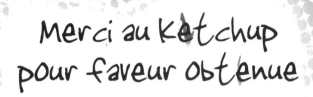

Merci au ketchup
pour faveur obtenue

Namxox

Publié le 26 novembre à 9 h 02 par Nam
Humeur : Grognonne

> Mauvaise nuit

J'ai été réveillée trois fois la nuit dernière par des textos du *troll*. J'étais trop vache pour éteindre mon cellulaire, j'aurais dû le faire au premier message.

Ça commence à faire ! Je vais demander un changement de numéro de téléphone cellulaire aujourd'hui. Je vais y aller avec Matou, on se rencontre au centre d'achats à midi.

(…)

Faut que j'envoie mon éditorial avant 17 heures à Monsieur Patrick.

Je crois que je tiens un bon sujet : il est d'actualité, c'est sensible, ça concerne notre milieu et tout le monde va en parler.

Oui, je vais traiter de l'épidémie de verrues à l'école.

Et je ne parle pas de Jimmy ou de Michaël.

O.K., O.K. Je vais parler d'autre chose. Mais faut que j'y pense encore.

(…)

Hier après-midi, chez Mathieu, on a fait une mise en scène complètement débile pour essayer d'attirer le *troll* dans notre piège.

On a pris des dizaines de photos, toutes plus ridicules les unes que les autres.

C'est moi qui ai eu l'idée de me faire passer pour une adepte de magie noire. Une fille qui fait appel aux forces du mal pour posséder des pouvoirs, genre.

C'est tellement *nawak*.

Mathieu est allé acheter un chapeau pointu de sorcière (une baguette en plastique venait avec, quand on appuie sur le bouton, ça fait le bruit d'une sorcière qui rit ou qui s'écrase sur un mur de briques avec son balai magique, au choix).

Je me suis débrossé les cheveux (je ne sais pas si ça se dit, mais ça se fait, j'avais la tête d'un épouvantail en lendemain de veille), je me suis trop maquillée (beaucoup de noir autour des yeux et sur les lèvres) et j'ai enfilé une vieille chemise toute déchirée. Et sur mon front, j'ai dessiné un symbole supposément satanique (Mathieu m'a dit que ça ressemblait étrangement au logo d'une compagnie qui fabrique un médicament contre les hémorroïdes).

J'avais un look d'enfer. C'est le cas de le dire.

Dans une animalerie, Mathieu a acheté deux fausses souris pour amuser les chats. Souris que je devais faire semblant de sacrifier.

– Parce qu'une vache, a ajouté Mathieu, pince sans rire, ça aurait été trop évident qu'on le niaise.

Puis on a utilisé le bon vieux ketchup pour simuler le sang.

On a tellement ri.

On a fait une suite de clichés qui ont révélé que je suis la pire des actrices que la planète ait jamais portée.

Photo 1 : Avec un visage de cruauté, j'observe la souris.

Photo 2 : Je lève la souris par la queue et je me lèche les lèvres, l'air d'être affamée.

Photo 3 : La souris est au-dessus de ma bouche ouverte. Mathieu trouvait que mes broches cassait la magie du moment, il a planté du persil dedans. Il y a encore des morceaux que je n'arrive pas à enlever.

Photo 4 : La pauvre souris entre dans ma bouche.

Photo 5 : Je croque la souris et il y a du sang (ketchup) qui me coule sur le menton.

Photo 6 : Mathieu trouvait que ce n'était pas assez sanguinolent. Il a rempli ma bouche de faux sang, puis il m'a demandé de rire de manière hystérique. Sauf que j'ai éternué au même moment, j'ai complètement repeint un mur de sa chambre. Et ce, en moins d'une demi-seconde.

La photo 6 est la meilleure. Vraiment épeurante. Une multitude de coulées de ketchup me sortent de la bouche et du nez, et quelques morceaux de persil (« on va supposer que ce sont des morceaux d'intestins de souris »). Avec une expression du visage si troublante qu'il est évident que je suis possédée par une entité qui désire contrôler l'univers. ☺

– O.K., c'est celle-là que je vais envoyer, m'a dit Mathieu. Même pas besoin de la *photoshoper*, elle est trop déstabilisante.

– Je suis sûre que ça va pas marcher. C'est trop gros. Le *troll* va penser que je fais une indigestion de jus de légumes.

Matou a levé son doigt :

– Je l'ai ! Je vais lui dire que tu te soûles continuellement au vin rouge et que gerber comme une fontaine ne t'arrête même pas.

Comme je ne suis pas vraiment reconnaissable, j'ai laissé faire Mathieu.

On verra bien.

Je dois me préparer pour le centre d'achats. Je viens de me rendre compte que j'ai du ketchup séché dans les cheveux. Et des morceaux d'intestins de souris dans les dents.

(…)

À la demande générale (j'ai reçu 376 courriels à ce sujet, mes lectrices fantômes en redemandent !), un conseil pour jeune fille sage : « La jeune fille sage est bonne dans ses paroles parce qu'elle n'est ni jalouse, ni envieuse, ni vindicative. Certaines langues sont taillées en rasoirs aigus qui coupent, tranchent, raillent et déchiquètent. »

Commentaire de la jeune fille pas sage : Misère, j'aimerais pas frencher des gars avec ces langues-là ! Blague à part, je suis plutôt d'accord. Des mots peuvent être plus percutants et faire plus mal que des coups de poings.

Degré de *NAAAWAAAK* ! : 1

> **Drôle de comportement**

C'est fait. J'ai un nouveau numéro de téléphone. Donc si je reçois un texto d'insultes, eh bien, je saurai que c'est Mathieu le *troll* parce qu'il est le seul à le connaître pour l'instant.

Je le donnerai à un cercle très restreint de personnes. Je veux absolument éviter les indésirables. Ça a quand même coûté 50 dollars de frais. J'espère que Mom acceptera d'en payer la moitié avec moi.

Ce n'est pas exagéré, c'est pour ma sécurité.

(…)

Je n'avais pas les 50 dollars sur moi, c'est Mathieu qui a payé.

Il ne voulait pas que je le rembourse, mais j'ai insisté. Ce n'est pas à lui de payer ça.

Un léger malaise s'installe entre lui et moi au sujet de l'argent.

Au moment de payer, j'ai vu que son portefeuilles débordait de billets de 20 et il a payé avec un billet de 50 dollars.

Il est riche, ou quoi ?

Où trouve-t-il tout cet argent ?

J'espère qu'il ne vend pas de la drogue ! Mom serait dans tous ses états, et moi aussi.

Nan. Il ne peut pas en vendre. Je n'en ai jamais vu sur lui et ce n'est pas son genre. Bon, il y a bien ce laboratoire clandestin rempli de scientifiques venus de pays en voie de développement dans la salle de bains de son appartement...

C'est un héritage ! C'est ça. Quelqu'un est mort et il a obtenu beaucoup d'argent et il ne veut le dire à personne.

Ouais, c'est sûrement ça.

(...)

Quand j'ai mentionné le nom du centre d'achats où je voulais aller, il m'a suggéré un autre endroit.

– Non, j'ai dit. C'est la boutique où j'ai acheté mon cell. Pourquoi tu veux aller ailleurs ?

– Je n'aime pas cette place. Des mauvais souvenirs.

– Des mauvais souvenirs ? Petit, ton bras est resté coincé dans la machine à bonbons et il a fallu appeler les pompiers ?

C'était une blague, mais il ne l'a pas appréciée.

– Non, non, c'est sérieux.

– C'est quoi ?

– Je préfère ne pas en parler. Mais ça va aller.

J'ai pris l'autobus et je l'ai rejoint à l'entrée principale. Il portait des verres fumés et une capuche.

Le soleil était caché derrière une masse de nuages. Pourquoi cet attirail ?

Je l'ai embrassé et lui ai demandé si tout allait bien.

– Ouais, ouais, tout va bien.

Une fois à l'intérieur, il n'a pas retiré sa capuche et ses verres.

– Tu ne veux pas qu'on te reconnaisse ? j'ai demandé en lui prenant la main.

– Ouais, euh, non. En fait, il y a quelqu'un qui travaille ici et que je ne veux pas voir.

– Qui ? Si c'est le père Noël, promis, on ne passera pas devant lui.

– Je t'en parlerai un autre jour.

– Ça a rapport avec ton secret ?

– Peut-être, il a murmuré.

Nous sommes restés moins d'une demi-heure et il ne cessait de regarder partout comme s'il craignait qu'on le suive.

On s'est arrêtés dans une librairie et en passant devant le comptoir, il m'a fait signe de sortir rapidement. Comme s'il venait de voir un fantôme.

– Tu peux me dire ce qui se passe ?

Il a poussé un profond soupir.

– Bientôt, bientôt.

Pour le délivrer de son calvaire, nous sommes sortis avant d'avoir fait le tour du centre. Une fois dans l'autobus, il a retiré ses lunettes et sa capuche.

– T'es étrange, je lui ai dit.

– Mais non. Le mystère, tu n'aimes pas ça ?

– Il y a une différence entre être mystérieux et agir comme si t'étais pourchassé par le FBI.

Il s'est mis à rire.

– Ouais, je sais. Je vais bientôt te raconter.

– Qu'est-ce qui t'en empêche ? Je t'aime, tu sais. Tu peux tout me dire.

– Je sais pas. Faut que je trouve les bons mots.

J'ai senti qu'il était sur le point de me révéler son secret. Fallait juste que je le rassure encore un peu plus.

– Dis-le comme tu le sens. Je ne te jugerai pas.

Il s'est tourné et m'a regardée :

– Tu vas me juger, c'est sûr.

Je me suis faite presque suppliante.

– Matou, je peux inventer n'importe quoi. Et ça me fait capoter. De l'imagination, je pourrais en vendre aux plus grands écrivains.

J'ai fait une pause, puis :

– T'as une maladie sexuelle et t'as attendu trop longtemps pour te faire soigner et ton sexe est sur le point de tomber !

Mathieu a commencé à rire comme un bossu.

– Ah ! Ah ! Non. C'est pas ce genre de secret.

– Tu vois ! J'imagine n'importe quoi. C'est une torture. T'es mon bourreau.

Matou a posé une main sur ma cuisse. Ça m'a donné des frissons.

– Arrête de t'inquiéter. Je vais te le dire bientôt. Et promis, ça n'a pas rapport avec une maladie honteuse.

– Attends. Pourquoi t'as capoté à la librairie ? Pourquoi là et pas dans un autre magasin ?

– Nam, arrête, O.K. ?

Ça y est, je venais de l'irriter.

– D'accord, d'accord.

Le reste du trajet s'est fait sans un mot.

Je boudais. ☹

Pas très mature, je sais, mais c'était la dernière arme qu'il me restait.

J'avais l'intention de ne pas l'embrasser avant de quitter l'autobus, mais je n'ai pas pu résister.

C'est trop bon. 😘

Je vais aller écrire mon édito, faut que je l'envoie à Monsieur Patrick avant 17 heures.

☆ ☆

MALADIE VÉNÉRIENNE INCONNUE ?

Aux prises avec une maladie transmissible sexuellement qui n'a pas encore de nom et qui a fait peur à votre médecin au point où il vous interdit d'approcher à plus de 250 mètres de son bureau ?

Nous avons la solution : notre produit à base de soja (et de pesticides) vient à bout de toutes les maladies gênantes. Commandez dès maintenant !

www.finilesbebittesbonjourcancer.com

☆ ☆

Un frère
« extra vierge »

Namxox

Publié le 26 novembre à 17 h 18 par Nam
Humeur : Satisfaite

> Fière de moi

Voilà, je viens d'envoyer mon éditorial à Monsieur Patrick. Je suis contente du résultat. Je me demande vraiment comment les gens réagiront en le lisant.

C'est mon opinion et elle n'est ni noire ni blanche : il y a des zones de gris.

J'attends maintenant avec impatience les commentaires de mon prof préféré. Ça me stresse.

(…)

Fred n'a pas abandonné l'idée de devenir lutteur. Loin de là.

Il continue à s'entraîner et, quand il fait des efforts, à pousser des cris de chouette dont on arrache les dents à froid.

Il n'y a pas que moi que ça énerve. Grand-Papi croyait qu'il était en train d'accoucher d'un extraterrestre au corps recouvert d'épines.

Mom lui a dit d'arrêter ça. Alors il s'est entouré la tête d'un oreiller. Comme il avait du mal à respirer, il a changé pour un coussin.

Puis il s'est badigeonné la poitrine avec de l'huile d'olive extra vierge (extra vierge ! C'est sûrement le signe astrologique de cette huile qui aurait été fabriquée entre le 24 août et le 23 septembre).

C'est l'huile dont Mom se sert pour cuisiner et qui coûte une fortune. Il voulait se servir du gras de bacon enfermé dans un pot en vitre qui traîne sous l'évier depuis la fin de la Deuxième Guerre mondiale, mais Grand-Papi est intervenu avant.

Tintin m'a dit que l'huile allait faire « ressortir sa musculature, pour impressionner ses adversaires ».

Pour l'instant, il n'impressionne que Youki qui essaie désespérément de le lécher. Il a même fallu l'isoler dans la salle de bains pour sa protection.

Je parle bien sûr de Fred parce que tout le monde ici veut l'étrangler. Jamais de la vie on enfermerait mon p'tit chien d'amouuur.

Tintin et Fred sont allés faire un tour à l'aréna du coin où il y a une ligue de lutteurs amateurs. Ils y ont fait des rencontres sordides :

– le Terrible bourdon, un gros mec avec un costume noir et jaune, qui s'est collé la moitié d'un manche à balai au derrière et qui « pique » ses adversaires en faisant « Bzz, bzz » ;

– l'Homme bionique, un supposé robot venu d'une autre galaxie, dont le costume est fait de rouleaux de papier d'aluminium pour le corps et de tuyaux de sèche-linge pour les bras et les jambes ;

– le Gladiateur, qui porte une culotte en chaîne de bicyclette rouillée, a pour bouclier un couvercle de poubelle vert et comme épée une tringle à rideaux ;

– le Pêcheur, lui, donne des coups de canne à pêche et de rame, et s'amuse à faire entrer des vers de terre dans la bouche de ceux qu'il combat. Aussi, il avance vers l'arène en canot sur roues et fait semblant de chasser une nuée de moustiques autour de lui ; et finalement, la seule fille du groupe :

– la Menthe religieuse, une religieuse en habit vert, qui oblige ses ennemis à renifler des feuilles de menthe, ce qui les plonge dans un état *weird* et les force à se mettre à genoux et à prier, si j'ai bien compris.

(Bon, on m'apprend à l'instant que la Menthe religieuse n'est pas personnifiée par une fille, mais plutôt par un gars aux cheveux longs, qui aime s'habiller en fille et qui a plus de seins que la normale. Je désire m'excuser personnellement auprès de Monsieur Poitrine Plantureuse.)

Tout ça est tellement ridicule que ça me fait rigoler. ☺

L'entraîneur de lutte a dit à Fred qu'il lui faudrait prendre du poids et grandir, sinon il sera « transformé en pretzel ».

Fred a été blessé dans son orgueil. Il s'est décidé à grossir et à grandir.

Grossir, ça va, il n'a qu'à continuer à manger comme un porc.

Mais grandir ? Hum. J'ai peur de ce qu'il va encore inventer.

(…)

Monsieur Patrick vient de m'envoyer un courriel !

Copier-coller :

« Bonjour Namasté,

Excellent éditorial. Tu as compris le principe. Bravo !
Ça devrait faire beaucoup jaser. À lundi !

Patrick »

Yé ! 😃

(...)

Mom vient de me demander si j'avais vu le pot d'huile
d'olive extra vierge.

Je lui ai dit que ce n'était pas mon « genre » de m'en
mettre sur la poitrine pour impressionner mes adversaires.

Oups ! J'ai peut-être trop parlé.

Elle se dirige vers la chambre de Fred. Ça va barder !

Reste que je ne m'inquiète pas trop : si Mom essaie de
mettre la main sur lui, il va lui... glisser entre les doigts.

Gnac, gnac, gnac, je suis TELLEMENT drôle. 😜

> Ding ! Ding ! Ding ! Troisième ronde

Pour la troisième fois en dix jours, je viens de me chicaner avec Mom.

Elle engueulait mon frère parce qu'il avait utilisé son huile super chère pour transformer sa poitrine en miroir.

Elle avait quand même un peu raison, mais elle en mettait trop. Elle hurlait.

Et, comme d'habitude, la phrase qui tue est sortie de sa bouche : « Ta sœur ne ferait jamais ça. »

C'est à ce moment que je suis intervenue. Mon entrée dans la chambre de Fred a été un peu pénible parce que la poignée était huileuse. Fred en a mis partout. Paraît que la salle de bains est aussi glissante qu'une patinoire. ☺

Mom s'est tournée vers moi et m'a demandé, vraiment bête :

– Qu'est-ce qu'il y a ?

– Ne le compare pas à moi. C'est injuste.

– De quoi tu te mêles ? Je parle à ton frère.

– Je me mêle de mes affaires. Chaque fois que tu dis que je suis meilleure que lui, ça l'affecte. Et ça m'affecte parce qu'il m'en veut.

– Tu vas pas commencer à me dire comment agir avec mon fils. Va dans ta chambre.

Habituellement, je l'écoute. Mais là, je ne voulais pas céder. Comme s'il y avait une tempête en moi. Fallait que je l'affronte.

– Non.

– Pardon ?

– T'as bien entendu ce que je t'ai dit. Je reste parce que je te trouve injuste.

Mom a réagi, mais pas du tout comme je m'y attendais. Elle s'est assise sur le lit... non, elle s'est effondrée sur le lit. Et elle s'est mise à sangloter.

Je venais de faire pleurer Mom ! 😨

Tout de suite, je me suis sentie hyper coupable.

– Mom ? Qu'est-ce qui se passe ?

Je suis allée à côté d'elle et j'ai posé ma main dans son dos.

– Ça va, ça va, elle a dit. Je suis fatiguée, c'est tout.

C'est *nawak*, cette réponse. Quand Mom est fatiguée, elle... dort.

– Arrête. Qu'est-ce qui se passe ?

– Laisse faire, elle a murmuré.

J'ai dit à Fred, qui nous observait comme si on était deux mouettes partageant une fondue au chocolat :

– Fais quelque chose !

Il a pris la bouteille d'huile d'olive, a dévissé le bouchon et a frotté le goulot sur sa poitrine, comme pour récupérer l'huile.

– T'es trop dégueu, j'ai fait.

Mom s'est relevée et s'est essuyé les yeux prestement.

– Je vais aller préparer le souper.

Elle a arraché la bouteille des mains de Fred. Et elle est partie.

Elle n'a pas soupé avec nous. Elle est enfermée dans sa chambre depuis. Je crois qu'elle dort.

Pop dit qu'elle vit un « moment difficile ». Merci, Pop, pour tes talents de visionnaire. Je ne m'étais vraiment pas rendu compte qu'elle en bavait.

C'est sûrement son départ imminent qui l'affecte autant. Pendant ce temps, faudra qu'elle s'occupe de tout. Ce n'est pas facile.

Et mon frère et moi qui lui en faisons voir de toutes les couleurs. ☹

Mom vient de sortir de sa chambre. Réunion de famille dans la cuisine. Elle veut nous parler.

> **Non !**

Je pleure depuis maintenant plus de quatre heures de suite. 😞

J'ai peur.

Je capote ben raide. Je *freake*. Et en plus, je texte Mathieu et il ne me répond pas. Kim non plus n'est pas à la maison.

On était tous assis autour de la table. Grand-Papi, Pop, Fred et moi. Tintin était au cinéma.

Grand-Papi et Pop savaient déjà ce qui se passait. Je l'ai lu dans leurs yeux. Et j'ai réalisé que ce n'était pas juste cette histoire de guerre, le problème.

Il est pas mal plus gros.

– Mes enfants, Mom a dit. Je vais avoir besoin de votre aide.

Elle s'est arrêtée et a pris une profonde inspiration. Puis elle n'a pas pu s'empêcher de pleurer. Pop s'est levé et l'a serrée très fort dans ses bras.

– Tu veux que je leur dise ?

Elle a fait non de la tête. Puis s'est ressaisie. Grand-Papi a retiré ses lunettes et a essuyé ses joues avec son mouchoir.

J'avais le cœur dans un étau.

- Est-ce qu'on peut savoir ce qui se passe ?

Mom a fait oui de la tête.

- Papa ne part plus pour la guerre. Ça, c'est la bonne nouvelle.

J'ai souri. Mais pas longtemps. Ça ressemblait trop à un cadeau empoisonné.

Mom m'a regardée.

- Je t'ai parlé de la bosse que j'ai sur le sein, n'est-ce pas ? Eh bien, j'ai eu les résultats et c'est une tumeur maligne.

- Tumeur maligne ? a répété Fred. Ça veut dire que...

J'ai terminé sa phrase.

- T'as un cancer ?

Elle a fait oui de la tête. J'ai commencé à pleurer et je suis allée me blottir contre elle.

- C'est grave ? a demandé Fred.

Mom a fait oui de la tête.

- Ça se répand à mes poumons. Il faut m'opérer.

J'écris ça et des larmes coulent sur mon clavier. Je n'arrive pas à croire que ça arrive à Mom. MA mère. Qui est infirmière, en plus. Et qui, depuis dix ans, va passer des examens chaque année pour vérifier si tout va bien.

- Je pense... Je pense que vous êtes assez vieux pour savoir, elle a dit avant de se moucher. Je suis désolée de vous faire vivre ça.

- Voyons, a dit Pop.

J'ai serré Mom très fort dans mes bras.

– Tu vas t'en sortir, je lui ai dit.

Elle a levé les épaules en signe d'ignorance.

– Tu vas t'en sortir, a dit Pop. On a les meilleurs médecins et les meilleurs traitements.

Puis, comme pour s'en convaincre, il a répété :

– Tu vas t'en sortir.

– Les médecins parlent de six mois, elle a laissé tomber.

– Six mois de traitements ? j'ai demandé.

Elle a fait non de la tête.

– Six mois de quoi, alors ?

Pop a fait non de la tête.

– On va aller voir d'autres médecins. Ils se trompent. T'as jamais fumé, t'as jamais bu et tu t'es toujours bien alimentée. Ce sont des humains. Ils peuvent se tromper.

Puis, j'ai compris : c'est six mois... À VIVRE.

– Non, j'ai dit. Ça ne se peut pas.

Je l'ai serrée encore plus fort.

– C'est statistique, a fait Pop. Rien de plus. Ils se fient à des chiffres. Ce sont des scientifiques. Sur la base, la femme d'un soldat à qui on avait donné six mois est encore vivante. Et le diagnostic date de cinq ans.

Je sais pas qui croire : Mom qui est désespérée ou Pop qui est persuadé qu'elle va s'en sortir.

Mom a caressé mes cheveux.

– Je commence des traitements après-demain. Des traitements expérimentaux. Des médicaments différents de ceux qu'ils utilisent habituellement. Et ils vont m'opérer, voir s'ils ne pourraient pas en enlever un peu.

J'ai pensé : « un peu » ? Il y en a tant que ça ?

Elle a la même maladie que sa mère. Et la même dont est morte sa grand-mère, je viens de l'apprendre. Et peut-être que son arrière-grand-mère, on ne sait pas, on ne parlait pas de cancer à l'époque.

Le problème, c'est que leur cancer a été dévastateur, elles n'ont pas survécu.

Mon arrière-grand-mère est morte jeune : 38 ans.

Ma grand-mère, la femme de Grand-Papi, avait la cinquantaine.

Mom a 46 ans.

Tellement trop jeune pour mourir. L'espérance de vie des femmes est de 84 ans, je l'ai appris en géo.

– Est-ce que c'est tout ? a demandé Fred, froidement.

Mom a fait oui de la tête.

Il s'est levé et est retourné dans sa chambre. Il a fermé la porte.

– C'est correct, a dit Mom. C'est sa manière de réagir.

J'ai passé beaucoup de temps dans les bras de ma mère.

Puis elle est allée se coucher.

Pop est venu me retrouver dans ma chambre quelques minutes plus tard :

– Je sais que depuis quelque temps, tu l'as pas facile. Avec Zac d'abord, puis avec ton amie Nath. Ça fait beaucoup. Mais ça va aller. Je te le promets. Nous sommes une famille unie. Nous allons nous battre ensemble et nous allons gagner. Tu es forte. Ta mère aussi.

Mon père est un guerrier. Un vrai.

Je l'ai serré très fort dans mes bras et je lui ai dit que je l'aimais.

Et je me suis endormie sur ses genoux pendant qu'il me caressait les cheveux. Comme lorsque j'étais petite.

Je viens de me réveiller.

Et j'ai peur.

Cette nuit, je vais dormir avec la lumière allumée.

Publié le **27** novembre à 8 h 07 par Nam
Humeur : Abattue

> Un cauchemar pour de vrai

On a parfois l'impression d'être plongé dans un cauchemar quand une situation est très désagréable. Eh bien, je n'ai pas l'impression d'être plongée dans les abîmes d'un mauvais rêve, je suis dedans.

Profondément.

Et je ne m'en sortirai pas. 😦

En me réveillant, j'ai eu quatre secondes et demie de répit. Je me suis dit : c'est dimanche, c'est congé, je suis en forme, qu'est-ce que je vais faire aujourd'hui ?

Puis le souvenir très récent de la réunion familiale d'hier soir m'a frappée comme deux tonnes de réglisses noires : Mom va mourir.

Bientôt.

Je capote.

J'ai les nerfs à fleur de peau.

Je pleure pour rien. Quand j'ai tiré la chasse d'eau des toilettes, j'ai versé des larmes en pensant à ces litres d'eau gaspillés pour quelques millilitres de mon misérable pipi du matin. Toute cette eau qui pourrait sauver des vies humaines dans des pays où les gens en manquent.

Puis ça été autour de la tranche de pain que j'ai fait glisser dans le grille-pain. Est-ce qu'elle souffre ? Est-ce qu'elle hurle en silence et je ne l'entends pas ? Quand je la croque, est-ce qu'elle agonise ?

Finalement, je n'ai pas mangé. J'ai voulu ouvrir la porte patio et lancer ma tranche de pain dans les airs et lui crier : « Allez, tu es libre, sauve-toi ! », mais j'ai eu peur de passer pour une folle.

Et j'ai pensé que ce serait vraiment poche qu'un goéland passe par là et l'attrape au vol.

Ma tête, ce matin, est totalement *nawak*. ☹

(...)

Je viens de texter avec Matou. Ça m'a fait du bien.

Sa pile était morte et il avait oublié de brancher son cell. J'ai eu peur qu'il ait décidé de m'abandonner.

Matou : « T'abandonner ? LOL C'est ridicule. T'es la fille la plus extra du monde. »

Namou : « Je ne vais pas bien. Vraiment pas. :-(»

Matou : « Elle va s'en sortir, chérie. Je veux te voir. »

Namou : « Moi aussi, mais j'ai *full* devoirs. »

Matou : « Moi aussi. On va aller à la biblio. Je ne te dérangerai pas. Je veux juste te voir. »

Namou : « Peut-être que ça me ferait du bien de changer d'air. »

Matou : « Oui ! Je t'aime, tu sais. Vraiment. »

Namou : « Pas moi. Pas du tout. ;-) »

Matou : « Quelle heure ? »

Namou : « Midi. »

Matou : « Je vais y être. Je t'aime. »

Namou : « Je t'aime aussi. »

C'est fou à quel point il me fait du bien, ce gars ! Je suis chanceuse de l'avoir.

Je vais commencer mes devoirs, même si je n'ai vraiment pas la tête à ça. Parce qu'à la biblio, je me connais, je serai captivée par la beauté de mon *chum*.

(...)

Allez, on se change un peu les idées.

Un conseil pour jeune fille sage : « La jeune fille est utile au monde quand elle répand autour d'elle la joie et la gaîté. Elle se sent comme chargée de dissiper les tristesses et de ramener les âmes à la paix. Il faut qu'elle résiste à la mauvaise humeur et la combatte lorsqu'elle l'obsède. »

Commentaire de la jeune fille pas sage : Ouain, je me moquais de ce livre du 19e siècle, mais il me fait réfléchir quand même. Ce n'est pas moi qui ai le cancer, mais Mom. Je ne pense pas qu'en m'apitoyant sur mon sort, ça va lui remonter le moral et l'aider à guérir.

Degré de *NAAAWAAAK* ! : 0

> **Des messages directement de 1899**

Tel que prévu, je n'arrive pas à faire mes devoirs.

Je pense.

Je pense à ma vie. À Mom, évidemment. Et à Zac. À Nath. À la mort. Et à la vie, aussi.

Le *Livre de poche de la jeune fille sage* est arrivé au bon moment. Même s'il y a des bouts complètement ridicules, il y en a d'autres qui résonnent en moi.

Exemple : « Les lamentations sont des reproches injustifiés adressés aux autres. C'est une petitesse de caractère, c'est s'avouer incapable de combattre un caprice et surtout, de le taire. »

À quoi ça me sert de me plaindre ? Est-ce que ça va chasser le cancer de Mom ? Est-ce que ça va la guérir ? Est-ce que ça changera quelque chose ?

Non.

J'ai décidé d'être forte pour Mom. Comme Pop, je vais être une guerrière.

Je vais me battre. Mom ne sera pas seule dans son combat.

Cancer, on va te péter la gueule en mille morceaux et on va les passer au mélangeur après. Puis on va les éparpiller dans la mer où plein de mollusques vont se charger de te digérer, mollusques qui vont aussi être mangés par des plus gros poissons qui vont être pêchés et découpés, et l'un d'eux va se retrouver dans mon assiette. Et je vais... manger... le cancer... de Mom ? !

Euh... 😕

En tout cas, t'es fait comme un rat, salaud de cancer.

(…)

Je viens de parler à Mom.

Elle est venue dans ma chambre. Elle avait le sourire aux lèvres et c'était la Mom d'avant.

Et moi aussi je lui ai souri. Elle m'a demandé :

– Tu fais quoi ?

– J'écris mon blogue.

– Faudrait bien que tu me le fasses lire un jour.

– C'est très personnel. Mais j'ai un projet de roman d'horreur. Ça, je pourrais te le faire lire.

– Bien sûr.

Il y a eu un silence. Puis je l'ai regardée dans les yeux :

– Je peux te poser une question ?

– Bien sûr.

– Est-ce que tu souffres ?

– Physiquement, non. Je suis juste très fatiguée. Mais avec les traitements, ça va bientôt mieux aller.

Ce matin, elle est plus optimiste qu'hier. Ça m'a fait du bien d'entendre le ton de sa voix qui exprimait de l'espoir. Ça m'en a redonné une tonne.

- Tu sais, elle a dit, pour hier soir, j'ai réfléchi et...

Je ne lui ai pas laissé le temps de terminer sa phrase.

- Je suis désolée. J'aurais dû me mêler de ce qui me regardait.

- Non, non. T'as bien fait. T'as raison. Je m'inquiète tellement pour vous. J'ai peur de manquer de temps et de ne pas vous accompagner jusqu'au bout du chemin. Je ne vous comparerai plus, Fred et toi. Je le promets.

J'ai posé mes mains sur les siennes qui étaient chaudes et douces parce qu'elle venait de les crémer. Une vague de chaleur a pris naissance au bout de mes doigts et a envahi le reste de mon corps.

Elle a éliminé toute l'angoisse que j'avais.

Mom a poursuivi :

- Frédérick, c'est Frédérick. Et toi, c'est toi. Je veux juste que vous soyez heureux.

- Merci, Mom. Nous sommes heureux, tu sais. Mais ça ne nous empêche pas de nous chercher. Tu ne t'es jamais cherchée, toi ?

Elle a baissé la tête.

- Un peu, oui. Beaucoup, en fait.

- Tu ne m'as jamais vraiment parlé de toi quand t'avais mon âge. Comment t'étais ?

- Tu me ressembles beaucoup. J'avais toujours un million de projets. Sans compter les gars. Je ne devrais pas te dire ça, mais à 15 ans, j'ai déjà eu trois *chums* en même temps.

Elle s'est mise à rire.

- Trois ? Tu me niaises !

Mom avec trois *chums* ? 👽 Tellement pas elle !

Elle a esquissé un sourire :

- Non, je te niaise pas. C'est à ce moment que je suis devenue une bonne gestionnaire, je pense.

- Un *chum*, c'est déjà compliqué. J'imagine trois !

- C'était l'ENFER. Surtout que les miens n'étaient pas recommandables. J'ai toujours été attirée par les mauvais garçons.

- Qu'est-ce que tu veux dire ?

- Tu sais, les gars mystérieux qui défient les règles. Les miens étaient carrément des délinquants. Un peu comme ton Mathieu.

J'ai bondi :

- Mathieu n'est pas un délinquant !

Elle a posé sa main sur ma joue.

- Non, ce n'est pas ce que j'ai voulu dire. Ton Mathieu, il est différent des autres. Tu ne trouves pas ?

- Oui. C'est pour ça que je l'aime.

- Nam, l'argent ne pousse pas dans les arbres. Cette bague qu'il t'a donnée...

- C'était à sa grand-mère. Il ne l'a pas payée.

- D'accord. Je veux juste que tu sois prudente.

- Je le suis.

- Les gars m'ont beaucoup fait souffrir. Je ne voudrais pas que ça t'arrive.

Je lui ai fait un sourire complice.

– C'est moi qui les fais souffrir.

– Je n'en doute pas un seul instant. Mais l'amour, ça rend aveugle. On perd la tête. Moi, en tout cas, je l'ai retrouvée plusieurs fois aux objets perdus. Les gars m'en ont fait beaucoup baver. Et ils m'ont fait pleurer des océans.

Entendre Mom parler d'elle d'une façon aussi intime me fait l'aimer encore plus. Et je me rends compte qu'elle n'a pas toujours été mère. Elle a aussi été ado comme moi. Avec tout ce que ça entraîne.

Elle s'est levée et a dit :

– Si je le pouvais, je souffrirais pour toi. Mais tu dois faire tes propres expériences. Et l'important est que tu te protèges.

– Je me protège. Ne t'inquiète pas.

Ses sourcils ont exprimé de la crainte.

– T'as des relations sexuelles ?

– Hein ? Non, pas pantoute. Ah ! Tu parles de me protéger de cette façon !

Elle a ricané :

– Il y a eu un malentendu, je suis désolée. Aucun préservatif ne protège des gars et des tortures qu'ils peuvent infliger à notre cœur. Malheureusement. Mais, euh, je voulais dire, quand tu seras prête, tu te protégeras, n'est-ce pas ? Tu sais, les bébés et les maladies...

Mom... On ne peut pas l'empêcher cinq minutes de faire son travail de mère !

– Oui, oui. Mais je ne suis pas prête du tout.

– D'accord. J'ai mis des condoms dans la pharmacie. Il y en a qui sont disparus, j'ai pensé que c'était toi.

– Nan. C'est sûrement Fred ou Tintin qui ont voulu faire une expérience. Ou autre chose que je ne veux pas savoir.

– Ouain, moi aussi ça ne m'intéresse pas trop de le savoir.

J'ai eu un flash : mon frère et Tintin qui se mettent un condom sur la tête comme des chapeaux.

Et qui les gonflent avec leur nez et trouvent ça tellement drôle parce qu'ils ont l'air de Schtroumpfs à la peau beige. Puis ils mettent tellement d'air dedans qu'ils s'envolent comme des montgolfières, et il faut l'armée et ses jets supersoniques pour les sauver.

Schnoute de schnoute, je ne pourrai pas m'enlever cette image de la tête avant longtemps !

Mom m'a demandé ce que je faisais aujourd'hui.

– Des devoirs. Faut aussi que j'étudie. Et je vais voir Mathieu.

Elle s'est arrêtée en sortant de la chambre et s'est retournée.

– Oh, une dernière chose. Et ce sera fini après. La première fois, prenez votre temps. Il faut que ce soit un beau moment. Et que ce soit amusant. Parce qu'on s'en rappelle toujours ensuite.

– Merci, Mom. Je t'aime.

– Je t'aime aussi, ma fille.

Je l'aime tellement. Elle va vivre !

Je vais aller me préparer pour la biblio. Je vais m'arranger pour arriver en avance et faire mes devoirs.

* *

FEMMES CÉLIBATAIRES, LE DANGER VOUS ALLUME ?
Les *bad boys* vous attirent ? Nous offrons une sélection d'hommes célibataires et dangereux de premier choix. Voleurs, menteurs, psychopathes, pyromanes, violents ou simplement cinglés, à vous de choisir ! Une preuve du casier judiciaire sera fournie sur demande. Notez que certains des candidats sont encore en prison.
www.mauvaischoixetfieredelefaire.com

* *

Cancer, t'es laid et tu pues

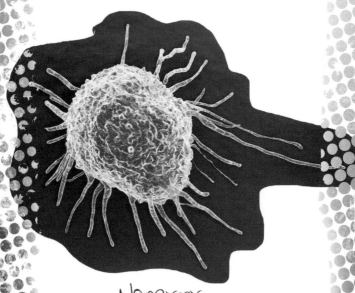

Namxox

Publié le 27 novembre à 16 h 43 par Nam
Humeur : Très curieuse

> **Il a mordu !**

Le *troll* va rencontrer Mathieu ! La photo que mon amouuur lui a envoyée de moi en train d'expulser du ketchup de la manière la plus inélégante qui soit l'intrigue. Il veut « en savoir plus ».

Ça tombe bien, moi aussi, je veux en savoir plus.

Mathieu a commencé à travailler à 16 heures. Il y a une fête privée à la piscine, il va rester jusqu'à 21 heures. C'est à 22 heures qu'il a rendez-vous dans un café avec le *troll*.

22 heures, c'est trop tard pour moi. Mom ne voudra jamais que je sorte à cette heure un dimanche soir.

Dommage. Je veux tellement savoir qui c'est.

Mathieu va l'attraper avec un gros filet à papillons et le mettre dans une cage. Puis on l'enfermera dans le garage de Pop, pour être sûrs qu'il ne s'envole pas.

On est enfin très proches du but. Enfin.

(…)

J'ai terminé tous mes devoirs à la biblio, mais je n'ai pas vraiment étudié. Sauf que passer du temps avec mon *chum* m'a fait du bien.

Il m'a fait un super looong massage des pieds.

Ahhh. C'était tellement bon.

On a parlé de... notre mariage ! Ah ! Ah ! Dans sept ans si tout se passe bien. Ce sera un concept médiéval : tous les invités porteront des habits du Moyen Âge. Pour un effet plus réaliste, on servira du sang de chèvre avec le repas et on demandera aux convives de ne pas se brosser les dents six mois avant les noces. Bien sûr, pas question de se laver. Faudrait juste se parfumer pour recouvrir les mauvaises odeurs.

Des chevaux se promèneront en liberté, mais aussi des porcs, des chiens qui ont la rage et des orphelins sur le point de mourir de faim.

Et le clou de la soirée : une personne sera brûlée au bûcher. Sinon, on programmera une exécution publique, genre couper la tête d'un individu avec une hache rouillée. Ce pourrait être la fille qui aura attrapé le bouquet de la mariée qui aura cette grande chance. Ou une des invitées un peu trop gaie qu'on soupçonnera d'être une sorcière.

Ce sera un VRAI événement médiéval. Pas un truc romantico-poche.

On a donc pas mal déconné, Matou et moi. Délirer, rien de mieux pour faire patiner l'imagination. C'est comme un chien qu'on laisse courir dans un pré. Genre.

Au fait, je ne suis pas le chien. Je suis le pré. (Hein ? !)

(…)

On n'a pas juste halluciné des bananes. Matou et moi, on a aussi fait des recherches sérieuses.

Oui, oui !

Sur le Net, on a essayé d'en savoir plus sur le cancer. Ce que c'est, en fait.

J'ai regardé des images et que le grand cric me croque, j'ai failli tomber sans connaissance. C'était horrible.

Depuis des dizaines d'années, les scientifiques tentent de comprendre ce qu'est le cancer. Comment il se crée. Pourquoi des fois il prend dix ans à se répandre et d'autres fois, trois mois. Comment le vaincre. Et tout le reste.

Un cancer, ce sont des cellules anormales qui, pour une raison inconnue, se multiplient en sapant les capacités de résistance de l'organe qu'elles attaquent. Jusqu'à épuiser toutes ses ressources.

J'ai appris que les recherches coûtent très cher. Et que les compagnies pharmaceutiques se font de la compétition. Si elles mettaient leurs ressources ensemble, on trouverait sûrement une solution plus rapidement.

Il y a du positif : on meurt de moins en moins du cancer. Les chances de survie sont de plus en plus élevées dans le cas de certains cancers. Le cancer du sein, par exemple. Quand il est décelé tôt, 80 % des femmes réussissent à le vaincre.

Le négatif : celui du poumon est le plus meurtrier.

Et quand il y a des métastases (des cellules cancéreuses qui se déplacent, ce que Mom a, hélas !), eh bien, c'est mauvais signe.

Sur les forums, j'ai lu plusieurs témoignages émouvants. Des gens qui s'en sont sortis. D'autres non. Genre la personne a laissé un message à huit heures et le lendemain, à 21 heures, sa fille en écrivait un autre annonçant que sa mère était décédée à l'heure du souper.

Le matin, cette femme écrivait sur son ordi et quelques heures plus tard, elle n'était plus là.

C'est difficile de comprendre pourquoi ça se passe ainsi. 😞

Finalement, ça m'a plus déprimée qu'encouragée.

Mais Matou a raison, il faut prendre « un jour à la fois ».

Ce que je vais m'appliquer à faire.

Même si des fois, j'ai trop d'imagination. Penser que Mom pourrait disparaître bientôt me donne le vertige.

Je vais retourner chez le psychologue. Ça me fera du bien.

(…)

Pour mon frère, c'est comme d'hab : aucun changement dans son comportement. Comme si de rien n'était. Et ça me fâche un peu. Il est comme insensible.

O.K., il a sa manière de réagir. Si je ne le connaissais pas, je croirais qu'il n'a pas de sentiments !

Au retour de la biblio, je suis allée dans sa chambre. Il faisait ses exercices (cette fois en soulevant deux lampes) en poussant des cris de poussins qui ont perdu leur maman et en observant ses pseudo-muscles.

Ça sentait les frites. Comme s'il venait d'en cuire dans sa chambre.

– C'est quoi, cette odeur ?

Tintin est apparu de nulle part avec un foulard lui couvrant le nez et la bouche.

- C'est l'huile. Ça va passer, on va s'habituer. Comme pour les gens qui habitent proche d'une porcherie, ils ne sentent plus l'odeur au bout de quelque temps.

- Je ne veux pas m'habituer à ça. Mes artères se bouchent.

Tintin m'a montré un pot de verre rempli d'une substance jaune orange dans laquelle flottait des cadavres d'insectes. Sur le dessus, une croûte blanche.

- Ark ! C'est quoi, ça ?

- De l'huile à frites usagée, a dit Fred, la voix étranglée.

Il s'est levé. J'ai vu qu'il avait du gras sur la poitrine et une affaire noire coincée dans le peu de poils qu'il a entre les deux pectoraux (si on peut les appeler comme ça).

- Je vais aller prendre l'air. Je ne me sens pas très bien.

Et il est sorti en titubant. J'ai mis mon chandail sur mon nez.

J'ai compris alors que ce n'était pas des cadavres qui flottaient dans le liquide, mais des frites noires et rabougries.

- Pourquoi de l'huile à frites usagée ?

- Pour mettre sur le corps de Fred. Un ami qui travaille dans un resto me l'a donnée. C'est économique et en plus, c'est du recyclage.

- Faut sortir ça tout de suite de la maison. Ça sent mauvais, c'est épouvantable. Et si Mom respire un peu de cette odeur, son cancer va doubler.

Tintin observait le pot d'huile comme s'il venait de lui poser une question et attendait une réponse. J'en ai rajouté.

– Vous pourriez pas lui donner un répit ? Genre passer une semaine sans faire de niaiseries ?

– Je pense que je vais vomir, a dit Tintin.

– Débarrasse-nous de cette horreur. Et ne verse surtout pas ce truc dans les égouts, on va se ramasser dans trois mois avec une épidémie de rats gigantesques, amateurs de karaté.

Avant que Mom et Pop ne rentrent à la maison, on a ouvert toutes grandes les fenêtres, allumé toutes les bougies et vidé toutes les bouteilles de désodorisant.

Présentement, dans la maison, ça sent un mélange d'air frais de novembre, de vanille et lavande (les bougies), d'« air du printemps » (les désodorisants) et... de frites graisseuses. Absolument dégoûtant.

(...)

OMG ! Mom et Pop viennent de rentrer. Pour nous faire plaisir, ils ont acheté des frites pour souper ! 🙁

Fred a vomi un peu et Tintin a été victime d'un AVC.

Et moi, en apercevant le sac de papier brun imbibé de gras, j'ai fait une crise d'épilepsie.

Je devrais aller manger, mais je n'ai pas faim. Je me demande pourquoi.

> **Pomme de terre sur deux jambes**

L'odeur de frites est encore très présente dans la maison. Je suis dans ma chambre et même s'il fait trois degrés Celsius dehors, ma fenêtre est grande ouverte. Je porte un bonnet et mon manteau d'hiver. Et Youki est collé sur moi et grelotte, le pauvre p'tit.

J'ai essayé d'écrire avec des gants, mais le résultat est en scandinave (je pense). À chaque cinq mots, je souffle dans mes mains pour les réchauffer.

Le problème, c'est Fred. Il est comme une grosse frite géante. Mom a dit, après l'avoir reniflé, qu'il faudra sans doute consulter un spécialiste (des frites ?), ce n'est « pas normal de transpirer de l'huile à cuisson ».

Tintin a essayé de sauver les meubles. Il a dit que c'était juste « un problème de digestion ».

Ça fait un gros dix minutes qu'il est sous la douche. Je l'ai vu entrer avec une brosse à plancher, un gel pour nettoyer l'émail des bains et du colorant alimentaire (!).

Ça devrait fonctionner, non ?

(…)

J'ai échangé quelques textos avec Matou.

Namou : « Tu travailles ? »

21 minutes plus tard :

Matou : « Ouais. Il y a une centaine de morveux dans la piscine. Ils sont déchaînés. »

Namou : « Dommage que ce ne soit pas une grosse toilette, t'aurais pu les *flusher* pour t'en débarrasser et venir me rejoindre. ;-) »

Matou : « LOL Comment va ton moral ? »

Namou : « Ça va. Est-ce que le *troll* a annulé ? »

Matou : « Nope. J'ai toujours rendez-vous avec lui. »

Namou : « Je veux savoir qui c'est ! MAINTENANT ! »

Matou : « Dès que je vais l'avoir spotté, je vais le prendre en photo et te l'envoyer, d'ac ? »

Namou : « Super idée ! T'es génial. »

Matou : « Je sais. ;-) »

Namou : « Je t'aime. »

Matou : « Je sais aussi. »

Namou : « Hey ! :-o »

Matou : « Je t'aime aussi. »

(…)

Je viens de clavarder avec Kim. Je lui ai annoncé pour Mom. Elle est terrassée. C'est moi qui ai dû la consoler !

Tout comme Nath, a dit Kim, Mom va survivre. Que ma mère meure est inconcevable. Et je ne veux pas, bon !

Parlant de Nath, tout va super bien. Et... elle marche ! Avec des béquilles, mais quand même. C'est génial !

Aussi, son médecin lui a permis de prendre une douche. Kim l'a aidée et elle l'a coiffée ensuite.

Le problème, c'est que les médecins ont dû lui raser une partie de la tête pour réparer les dommages.

Kim lui a arrangé les cheveux, ça lui donne un look super. Elle m'a montré une photo : vraiment *cool*. Un peu punk, un peu *trash*, mais propre.

Kim l'a maquillée aussi, Nath est super belle.

Et si j'ai bien lu entre les lignes, elles forment de nouveau un couple.

Je suis si heureuse pour elles !

En plus, l'automobiliste qui a frappé Nath est allé reconduire Kim chez elle. Elle reconnaît son erreur, c'est finalement un chic type.

Il s'en veut à mort pour ce qu'il a fait. Il veut, le plus possible, faire en sorte que Nath se rétablisse et qu'elle oublie.

C'est un bon gars qui a fait un mauvais choix.

(…)

Il y a une drôle d'atmosphère dans la maison (je ne parle pas de la puanteur de mon grand frère).

Hier, c'était panique sur le *Titanic*. Mom nous apprenait qu'elle avait PLUSIEURS cancers et qu'elle n'avait plus que six mois à vivre.

Puis aujourd'hui, tout le monde a repris la routine.

La vie continue.

Pop passe beaucoup de temps dans le garage, Mom fait des mots croisés, Grand-Papi chiale sur tout et sur rien, Tintin et Fred font des niaiseries et moi, eh bien, je suis encore aussi belle et géniale qu'avant.

Mais... Mais les cellules cancéreuses continuent de se multiplier dans le corps de Mom.

Et je sais qu'il y a un nouveau locataire dans la maison : la Mort rôde.

Même si c'est une indésirable, on doit apprendre à vivre avec.

En soupant, pendant que j'observais Mom du coin de l'œil, j'ai compris quelque chose : mon arrière-grand-mère, ma grand-mère et ma mère ont eu le cancer.

Qui est la suivante ?

Moi. 😐

J'ai lu que la génétique a une grande influence dans l'évolution des maladies. Si tu as beaucoup de cancers dans ta famille, les risques que tu en attrapes un sont beaucoup plus élevés que pour une famille qui n'en a pas eu.

C'est prouvé.

Mes risques sont donc pas mal élevés. Après ma douche, j'ai observé mes seins. Et si c'était une tumeur qui faisait en sorte que l'un soit plus gros que l'autre !

J'ai vu des vidéos d'examens des seins sur le Net. J'ai palpé mes seins : rien d'anormal. Pas de bosse, pas de texture de peau différente, pas de cratère. Mes mamelons ne se sont pas mis à crier « Zoukini ! ».

Je capote pour rien, je sais. Je suis comme ça.

Reste qu'il va falloir que je sois prudente. Bien manger, faire de l'exercice et écouter mon corps.

Oh... Un instant ! Mon corps me parle.

Il vient de me dire : « Va étudier, t'as un gros examen demain. »

Oui, chef !

(…)

Bon, bon, mon corps exige un conseil pour jeune fille sage avant mes études : « Toute bonne épouse doit épouser la carrière de son mari. Trop d'instruction pour la femme est un poison pour son âme. Trop d'instruction rend la femme arrogante et vulgaire. Elle n'a pas la capacité de gérer autant de connaissances. »

Commentaire de la jeune fille pas sage : *WTF* ? ! Là, le livre est complètement dans le champ. Pourquoi autant de gars décrochent de l'école ? Parce qu'une fois qu'on a laissé les filles s'instruire comme du monde, elles ont prouvé leur supériorité. Gna, gna, gna. Oups… C'est pas un peu arrogant comme commentaire ?

Degré de *NAAAWAAAK* ! : 8,6

Publié le 27 novembre à 21 h 21 par Nam

Humeur : Dépassée

> Aucun répit

Je ne sais pas si c'est la lune, le temps froid ou l'huile de patates frites usagée, mais mon frère vient de faire deux niaiseries coup sur coup.

Il ne peut juste pas s'arrêter. C'est plus fort que lui.

Il faut que ce soit une maladie !

Il est déchaîné comme un escargot qui dévore une feuille de laitue (mettons).

Pendant que j'écrivais mon dernier billet, j'ai entendu Fred crier « Oh, *shit* ! ».

Je me suis dit : ça y est, il vient de découvrir son sexe.

Non. Pas du tout.

J'ai accouru sur les lieux du crime, soit la salle de bains. Mais j'ai failli perdre pied, le plancher du corridor était recouvert d'eau.

Mom et Pop sont apparus.

Pop a cogné à la porte de la salle de bains.

– Fred, ouvre.

– Ça va, ça va, il a dit. Tout va bien.

– Tout va bien ? Il y a un mètre d'eau sur le plancher.

(Petite exagération de Pop, on lui pardonne.)

Pas de réponse. Mom est allée chercher des serviettes pour tout absorber.

Pop a frappé à nouveau sur la porte. Il a plutôt failli la défoncer avec son poing.

– Fred, ouvre ! Maintenant !

Voilà Fred qui apparaît, le corps complètement trempé, les cheveux aplatis comme s'il venait de recevoir un seau d'eau sur la tête.

Il avait l'air dépité.

– Désolé, il a dit.

– Qu'est-ce qui se passe ? a demandé Pop en regardant dans la salle de bains. Un tuyau de brisé ?

– Non. C'est... Euh... Que j'ai gonflé un ballon avec de l'eau... Et... Euh... Il a explosé.

– Sur ta tête ?

– Ouais. Euh... Je faisais de l'exercice devant le miroir en le soulevant. Et... Euh... Il a pété.

Mom est arrivée avec une tonne de serviettes.

(Petite exagération de Namasté, on lui pardonne.)

Je l'ai aidée à éponger.

– Quel ballon ? Pop a demandé. Ce sont des choses qu'on fait l'été dehors, pas un dimanche soir d'automne dans la salle de bains !

– Désolé, il a dit.

J'ai vu ses oreilles s'abaisser comme celles d'un chien qu'on gronde.

Ça nous a pris une bonne demi-heure pour tout éponger à genoux.

Puis, sous l'évier, j'ai trouvé un anneau de caoutchouc beige. J'ai pensé que c'était un élastique laid pour les cheveux.

– C'est à toi ? j'ai demandé à Mom.

Elle l'a regardé deux secondes, a ricané, puis a affirmé :

– Non, c'est à ton frère. Ce sont les restes de son ballon.

– Deuh ? a rétorqué Fred.

Je lui ai exhibé le cadavre.

– C'était quoi, ce ballon ?

– Oh, rien, jette-le.

– C'est un condom, a dit Mom. En fait ce qui reste d'un condom.

J'ai ouvert très grands les yeux et j'ai poussé un cri qui a fissuré le miroir de notre salle de bains, mais aussi probablement celui de chez Kim.

Puis j'ai lancé l'anneau quelque part, fallait juste que je m'en débarrasse. Il est reste collé au rideau de la douche.

– Ton frère est à un âge où il fait des expériences, a dit Mom. Ça fait partie de son éducation.

– Reduguleuribou, a marmonné mon frère.

– Mom, j'ai supplié, explique-moi, je ne comprends pas.

– Eh bien, je n'étais pas là, mais je crois qu'il a rempli le préservatif d'eau.

J'étais scandalisée. 😮

– Pourquoi ?

– Pour tester sa résistance, a fait Fred.

– O.K., et là, une fois rempli, tu as fait un nœud dedans et t'as commencé à le soulever au-dessus de ta tête comme si c'était un haltère, tout ça en t'observant dans le miroir ?

– Reduguleuribou, a répété Fred, cette fois en grommelant.

J'ai regardé Mom et j'ai fait avec mon visage : *WTF* ! Elle a soulevé les épaules en signe de reddition.

Misère.

C'était sa première niaiserie.

(…)

Je ne sais pas si ça paraît que je ne veux vraiment PAS étudier ? Je trouve plein de choses à écrire. 🙂

(...)

Après souper, Fred et Tintin étaient assis à la table de la cuisine avec des crayons. Et une fois n'est pas coutume, ils réfléchissaient. Très fort. Très, très fort. Au point où Fred a commencé à morver du nez (ça ou il commence un rhume).

– Si vous essayez de dessiner une maison ou un soleil, je leur ai dit en entrant dans la pièce, je peux vous montrer comment faire.

– Chut ! a fait Tintin.

– Quoi !

Au tour de Fred :

– Chut !

– Quelqu'un dort ?

J'ai enfin eu droit à une explication de la part de Tintin :

– Non, on est en pleine tempête d'idées. Dans nos têtes, on essaie de rester en vie.

– Rester en vie dans vos têtes... Je croyais que c'était le désert là-dedans, que rien ne pouvait y pousser. Parce que les conditions ne sont clairement pas favorables.

– Arrête, a fait Fred.

Je les trouve ridicules, mais je suis toujours impressionnée par les efforts qu'ils font pour perfectionner leur art de se mettre les pieds dans les plats.

Je me suis assise avec eux. Et pour ne pas passer inaperçue, j'ai commencé à siffler.

Synchronisés, les gars ont dit :

– Nam !

– Quoi ? Et en passant, une tempête d'idées, ça ne se passe pas dans nos esprits. Au contraire, il faut tout écrire ce qui nous passe par la tête.

– Je sais, a répondu un Tintin *full* bête. On se prépare. On se réchauffe, là. Et tu nous déconcentres.

La minuterie de la cuisinière a émis un son strident. Fred et Tintin se sont jetés sur leurs feuilles et ont commencé à écrire frénétiquement ce qui leur passait par la tête.

Et, mes amies, ce n'était pas beau. 🙁

J'ai appris après qu'ils étaient à la recherche d'un « concept » pour le personnage de lutteur de Fred. Le but de l'exercice était de lui trouver une personnalité et un nom.

C'était une vraie tempête avec ses conséquences funestes : les pages ont eu droit à des débris d'idées.

Voici ceux dont je me souviens. Fred le lutteur pourrait être...

Concept n° 1 : La Frite tueuse

❀ [Non, pitié !] Elle est de retour et compte graisser tous ses adversaires ; par la suite, ces derniers, incapables de se tenir debout, ne pourront s'enfuir qu'en se tortillant comme des serpents.

Concept n° 2 : Le Vidangeur fâché

❀ On l'ignore, mais il participe à notre bonheur : il ramasse nos déchets chaque semaine, aussi puants soient-ils. Cette fois, il en a marre de ne pas être reconnu à sa juste valeur et compte se venger. Sa prise finale : il verse des ordures malodorantes sur son ennemi.

Concept n° 3 : L'Homme des cavernes frustré

❀ Parce qu'il a mis sa langue sur un éclair (ça se peut !), il s'est retrouvé au 21e siècle. Tout le monde craint ses cheveux longs, sa barbe et sa peau de léopard qui cache son *swizzle*. Il se bat dans l'arène afin d'amasser assez d'argent pour retourner à l'ère du néolithique en avion (il est ignorant, le pauvre). Il frappe ses adversaires avec un bâton et parce que personne ne l'a encore informé que le cannibalisme est interdit, il tente de les dévorer devant une foule médusée.

Concept n°4 : Le Malade mental enragé

❀ Il arrive dans l'arène avec une camisole de force et on ne le sort de l'asile que pour ses combats de lutte. Une fois dans l'arène, ses réactions sont imprévisibles : il peut être violent, se mettre dans un coin et sucer son pouce ou, pour une raison qui le regarde, faire comme s'il avait écrasé un hanneton avec son pouce et poursuivre son ennemi en criant : « Sent ça, ça pue le poisson. »

Et enfin, à mon sens, le plus *nawak* :

Concept n°5 : Roche, papier ou ciseaux colériques

❀ Un être formidable qui peut se transformer, selon ses besoins, en roche, en papier ou en ciseaux. Avec la roche, il assomme. Avec le papier, il emballe. Et avec les ciseaux, il coupe. Il est le maire de Mainville (« main » dans le sens de poing... Celle-là vient de Fred, je suis si fière de lui). Mon frère est persuadé que c'est l'idée du siècle. Il tient à ce qu'on n'en parle à personne.

– Surtout pas à ton *chum*, il m'a dit.

– Pourquoi ?

– Il serait du genre à monnayer mon concept.

– Rapport ?

Est-ce qu'il y a quelque chose que je ne vois pas chez Mathieu ? Après Mom, c'est Fred qui l'accuse d'être un quasi-criminel. 😶

Lâchez-le !

(...)

Attention, la deuxième niaiserie s'en vient. Je l'annonce pour ne pas qu'internet fasse une crise cardiaque.

Après la séance de remue-méninges, Fred a voulu me faire part de ses découvertes.

Il a commencé à apprendre certaines prises de lutte à l'aide de tutoriels.

Et il a voulu me faire la « Prise en quatre ». C'est une clé de jambes qui ressemble supposément au chiffre quatre. Une fois qu'elle est appliquée, c'est tellement douloureux qu'on n'a pas le choix d'abandonner.

Fred :

– Allez, laisse-toi faire.

– T'es malade, j'ai dit. Ce n'est pas vrai que je vais te servir de cobaye pour tes clowneries.

– Allez. Je l'ai faite à Tintin et il a même ri.

Tintin a fait oui de la tête.

– C'est pas une référence, j'ai rétorqué. Tintin rit quand il se plante une fourchette dans un œil.

– Allez !

– Non !

– Enwoueille ! Ça va prendre 30 secondes. Et ça va changer ta vie.

– OOO.KKKK., mais tu te dépêches.

Il m'a fait m'étendre sur le dos. Puis il a pris mes jambes et avec ses jambes, il a fait un nœud dedans.

Et ça faisait mal. L'arrière de son genou était sur le mien et en exerçant une pression, il forçait ma jambe pour qu'elle plie dans le sens contraire.

– O.K., j'ai compris, arrête, ça fait mal.

– Est-ce que tu fais sonner la cloche ?

– Hein ?

Il a mis encore plus de pression.

– Ouch ! Arrête !

– Est-ce que tu fais sonner la cloche ?

Tintin est intervenu :

– C'est une prise de soumission. Tu dois lui dire que tu fais sonner la cloche pour qu'il gagne.

Fred a appuyé plus fort.

– Aïe ! Hey, le malade ! Oui, je fais sonner la cloche !

Il a relevé la jambe. La douleur est disparue.

– T'es content ? j'ai dit. Maintenant, libère-moi.

Fred a bougé un peu, mais nos jambes étaient encore entremêlées. Je me suis impatientée et j'ai essayé de me libérer. Fred a immédiatement réagi :

– Aïe ! Ne bouge pas, malheureuse !

« Malheureuse » ? C'est quoi cette expression ? Depuis quand mon frère parle-t-il comme dans une pièce de Molière ?

– Libère-moi, j'ai ordonné.

– Je peux pas. J'ai mal à la jambe. Elle est trop sensible.

– Quoi ? Fallait y penser avant !

Il a de nouveau tenter de s'extirper de cette prise de lutte. Mais sans résultat.

– Vous êtes soudés à jamais, a dit Tintin. Faudra que vous appreniez à vivre ensemble. Comme des siamois.

– Très drôle, j'ai dit. Aide-nous.

Subitement, des pensées horribles m'ont traversé l'esprit. Fred et moi réunis à jamais à cause de ce nœud impossible à défaire. Tous deux, les fesses au sol, ne pouvant nous déplacer qu'avec nos mains.

Je nous ai vus nous rendre à l'école, faire du jogging, notre épicerie, nager (nous noyer, plutôt), visiter le Grand Canyon et prendre nos douches. Nooon !

– Je crois qu'il vous faudra du gras de frites pour farter le tout et aider à vous démêler, a suggéré Tintin.

– Farter ? Je ne suis pas un ski de fond !

Mom est arrivée sur ces entrefaites.

– Mais qu'est-ce que c'est que ce tintamarre ?

« Tintamarre » ? O.K., je suis dans une pièce de Molière et je ne suis pas au courant.

– Vos enfants sont soudés pour toujours, a dit Tintin.

– Mom, délivre-moi de ce supplice !

Les mains sur ses hanches, elle nous a observés.

– Aujourd'hui, j'aurai tout vu. C'est un truc de yoga extrême ?

– Nan, a précisé Tintin. Une prise de lutte qui a mal tourné.

– Ça me surprend, elle a fait.

Elle s'est penchée et lentement, a fait bouger nos membres inférieurs délicatement. Quelques instants plus tard, j'avais retrouvé l'usage de mes jambes.

J'ai pointé Fred du doigt et, avec l'air le plus menaçant possible, je lui ai asséné :

– Plus jamais, homme perfide !

« Perfide » ? J'ai eu peur de me retourner et de me retrouver sur une scène devant un millier de spectateurs assistant à une pièce de théâtre. Molière, sors de mon existence !

(...)

Bon.

Allez.

Études.

* *

CHANGEMENT DE MÉTIER ?

Las de votre emploi ? Besoin de défis stimulants ? Devenez farteur de skis professionnel ! Passer sa vie à astiquer des bâtons de Popsicle géants est beaucoup plus excitant qu'il n'y parait. De plus, vous ferez des rencontres formidables. Par exemple, le vendeur de cire à skis qui a toujours des anecdotes croustillantes à propos de gens ayant utilisé son produit de façon vraiment inappropriée. Des heures de plaisir !

www.legraisseuxduvillage.com

* *

> **Qui es-tu, petit (très petit) *troll*?**

J'attends des nouvelles de Mathieu. Il est en route pour le café où il doit rencontrer le *troll*. Il m'a confirmé qu'il allait être là très bientôt.

Dans quelques minutes, je vais enfin savoir à qui on a affaire.

Je me demande vraiment qui c'est.

Une chose est sûre, Monsieur M. va être mis au courant. La police aussi. Et je vais afficher sa photo sur les poteaux dans le quartier : ATTENTION, CETTE PERSONNE EST CINGLÉE. FUYEZ-LA !

J'aurai une épine de moins dans le pied.

Faut que cette personne me connaisse assez bien pour frapper aux endroits où ça fait mal.

Ce n'est pas Mylène. Pas Mathieu, bien entendu. Pas Michaël (il serait trop con). Pas Fred ni Tintin.

Grand-Papi ? Ah ! Ah ! *Nawak* !

Ce n'est pas Kim. Pas Nath. Pas le mec qui a frappé Nath. Ou l'infirmière super gentille qui apporte des desserts à Nath.

Monsieur M. ? Wouah. Ce serait tellement pété.

Monsieur Patrick ? Nan, vraiment pas. Il sent trop bon.

Jimmy, patron des têtards gluants et roi des Réglisses noires ? Bof, il n'a pas besoin de se cacher pour me détester.

Un des gars *weirds* toujours assis à la cafétéria, qui ne va jamais à ses cours et qui se lèche toujours les lèvres quand je passe devant lui ? Sûrement !

Je veux savoir qui c'est ! Là ! MAINTENANT !

(…)

Namou : « T'es où ? »

Matou : « J'arrive dans quelques minutes. »

Namou : « C'est looong ! »

Matou : « J'ai pris possession de l'autobus, j'appuie le plus fort possible sur l'accélérateur, mais le conducteur et les passagers qui hurlent de peur me déconcentrent. »

Namou : « Je ne te reconnais pas. Avant, tu les aurais lancés par une fenêtre. »

Matou : « Je suis un être humain. J'ai des sentiments, tu sauras. »

Namou : « Depuis quand ? »

Matou : « OK, j'arrive ! »

Namou : « OK ! »

(…)

Alors voilà.

Cela fait plus de 120 secondes que j'attends de ses nouvelles. Pas 30… Pas 60… 120 ! C'est une éternité ! 😲

Qu'est-ce qu'il fait ?

(…)

Matou : « J'y suis. Mais il n'y a personne. »

Namou : « Schnoute ! »

Matou : « Je vais lui laisser encore 15 minutes. »

Namou : « D'ac. Zetème. »

Matou : « Zetème aussi. »

(…)

Je pense que le *troll* ne se présentera pas.

Ça ressemble trop à un piège.

Argh ! Ça m'énerve !

(…)

Je sais qu'il reste 40 ans de vie à Mom. Mais j'ai quand même songé à ce que serait une vie sans elle.

Ce serait ultra poche.

Oui, ma chambre pourrait être un bidonville avec des rats volants survolant les lieux en permanence. Oui, on me ficherait la paix sur mes allées et venues. Oui, je pourrais sortir avec le pire gars au monde et ça n'inquiéterait pas Pop, tant et aussi longtemps qu'il ne se mettrait pas les doigts dans le nez en public. Oui, Pop est 100 fois plus facilement manipulable que Mom.

Malgré tout, je veux Mom dans ma vie pour toujours.

Elle me tape sur les nerfs, c'est sûr. Mais entre sa disparition de mon existence et ça, je préfère qu'elle continue à m'énerver.

Je ne peux pas perdre ma mère. C'est juste pas possible.

Avec qui je vais parler de mes « problèmes de femme » ? Comme : « Quoi faire devant une paire de chaussures qui me fait saliver, mais au sujet de laquelle il n'y a pas ma pointure ?

La crise d'hystérie est-elle une solution ? » ou « Je viens d'appliquer du vernis à ongles sur mon gros orteil *full* laid et il menace de faire la grève. Je réalise enfin mon fantasme de le couper ou non ? »

Qui pourra m'aider ? Qui ?

(…)

Namou : « Alors ? »

Matou : « Le café est excellent. Mais je ne m'endormirai pas avant trois heures du mat. »

Namou : « Mais non, je veux savoir à propos de la crème. C'est de la 15 % ? Ça m'intéresse VRAIMENT. »

Matou : « LOL. Je pars dans cinq minutes s'il ne se montre pas. »

Namou : « D'ac-o-d'ac. »

(…)

J'ai aussi pris une décision : je vais me mettre ACTIVEMENT à écrire mon roman.

Je sais, j'en parle depuis des mois. Mais là, faut vraiment que je m'y mette.

Parce que je veux l'offrir en cadeau à la fête des Mères à Mom. C'est en mai prochain. Donc il me reste un peu plus de six mois de travail.

J'ai écouté une entrevue avec un écrivain et il disait que sur 100 personnes qui disent travailler sur un roman, la moitié d'une (une personne tranchée verticalement ? !) parvient à écrire le mot FIN.

Ça prend beaucoup de persévérance. Et, surtout, il faut se réserver du temps pour écrire et ne rien faire d'autre (à part respirer une fois de temps en temps).

Alors je commence demain.

Ça ou une idée *full* géniale que j'ai eue d'un spectacle de danse contemporaine qui s'intitulerait « Rase-toi les aisselles, Esthel ! ».

Lequel des deux projets est le plus pertinent ?

Lequel va impressionner le plus Mom ?

Les aisselles, je crois...

(...)

Que le grand cric me croque, Mathieu vient de m'envoyer une photo !

Ça prend du temps à télécharger.

Allez, allez... Plus viiite !

Je clique sur OUVRIR.

...

Oh.

My.

God.

C'est ELLE !

« Ne ratez pas la sortie du tome 10 du blogue
de Namasté : *Le secret de Mathieu*,
en novembre 2011 ! »